集英社オレンジ文庫

金沢金魚館

みゆ

Kanazawa
KingyoKan
Presented by
Miyu

イラスト／舟岡

パチパチと外灯が鳴る音がした。

アパートの部屋で深夜に眠りについたはずなのに、どうして自分は外にいるのだろう。

気がつけば電柱の上、星空を見上げていた。

けれど、意識と心はここにある。

いつもは賑《にぎ》わっている街は、真夜中は嘘《うそ》のように静まり返っている。

また朝になればこの静寂は消えて、人々が目覚める音が聞こえ始めるだろう。

電線上に一歩踏み出し、いつもより軽くなった身で街を見下ろす。

駅前の高層ビルの赤い点滅が地上の星のように煌《きら》めいていたが、後ろを振り向くと山々がひっそりと闇《やみ》に包まれている。

この夜を俯瞰《ふかん》で見つめた。

誰もいない街は、なんて静かで、そしてなんて居心地がいいのだろう。

裸足《はだし》で電線を伝いながら、夜空の散歩を楽しむ。

ふと見下ろすと、群青《ぐんじよう》色のグラデーションの夜気はまるで海のようで、時々通り過ぎる車の明かりが夜に泳ぐ魚を連想させた。

アパートの屋上を越え、いつも参拝する神社の鳥居の上を横切り、バイト先のカフェの向かいに立つ電柱の上で腰を下ろす。

夜に啼《な》く鳥が電線の上、小さな黒い瞳でこちらをじっと見つめてきた。

鳥のように、もっともっと高い場所に行きたくなって、思い切って飛んでみた。

ぐらりバランスを崩したが夜間飛行は上手《うま》くいったようで、低空から上昇し思い切りこの夜を飛んだ。

今夜は月が見えない。星々だけが瞬《またた》く新月の夜。

十階建てのパーキングビルよりもっと上、星空の彼方《かなた》は雲が行き交っている。

あまり上空へ行くと、この街が見えない。それは、寂《さび》しい。

淋しいのは慣れているのに、自分は誰からも嫌われているのに、それでもこの街を捨てられない。離れられない。

人々が眠る家々やマンション、戦後から建て増しを続けているぐにゃぐにゃと長いアーケード市場。

この街が嫌いで、好きで、全部ない交ぜになって自分の中を様々な感情が青い電気のように走る。

高く飛んだはずなのに、撃たれた鳥のようにこの街へと落下する。

落ちる、落ちる、落ちる。

夜空へとあてどもなく手を伸ばし、背中から無様に闇に墜落したかと目を閉じれば、びくんと痙攣《けいれん》する自分の体で目を醒《さ》ました。

肉の体は重く気怠《けだる》く、ひどく喉《のど》が渇いていて、それでようやくさっきの電線上の空中散歩は夢だったのだと理解した。

最近、飛ぶ夢を見ていなかったから、なんだか自分が現実でも飛べるような気がして、手を伸ばし窓を開ければ、世界はまだ夜に満ちていた。

二階から見た景色は、先程の夢よりも低いはずなのに妙にリアルな高さで、飛ぶ気はもう失せてしまった。

ここから落ちたら、確実に無傷ではいられないだろう。

そんな痛みを容易《たやす》く想像して、身震いした。

現実には、あんな風に飛ぶことができない。でも、現実であんな風に飛ぶことができたら？

もし、できたら、僕は……。

時刻を見れば、午前二時過ぎ。

喉の渇きを潤すため、台所へ行こうと寝床から立ち上がれば、窓の外、どこか遠くで鳥の啼き声が聞こえた気がした。

Kasumi Higashino

一話

金魚とシナモンコーヒー

ドアベルなんてものはなかった。

「いらっしゃいませ」

薄暗い店の奥から、抑揚のない低い声が聞こえる。

こぢんまりとしたカフェに、ベルはいらないらしい。

クラシックのBGMが、静謐《せいひつ》な空間に流れている。

二人がけのテーブル席が三つ、カウンターの席は五脚。計十一名しか座れない。

最大十一名しかもてなしができない店に、ドアベルは不要なのだ。店主が居眠りでもしていない限り。

カフェの名前は「金魚館《きんぎょかん》」。

屋号《やごう》に「金魚」と用いられてはいるが、水槽や金魚鉢、ビオトープの類《たぐい》は見当たらない。

あの水臭く独特の匂いを想像しながら入店すれば、なんてことはない。コーヒーの芳《かぐわ》しい香りと、客の残した紫煙の残り香が漂っているだけだ。

あえて特徴を列挙するなら、紅殻格子《べんがらごうし》で仕切られた店内の内装は和洋折衷《わようせっちゅう》で、赤や青の色壁のコントラストが美しかった。特に、青金石《ラピスラズリ》でできている群青《ぐんじょう》色の壁は、暗い店内を仄《ほの》かに照らすランプの照明と相まって、優美で落ち着いた佇《たたず》まいを見せていた。

ならばなぜ金魚なのか。

観光地でもある近江町《おうみちょう》市場《いちば》の近辺、十間町《じっけんまち》にひっそりと店を構える金魚館には時々、群れからはぐれた魚のように一見《いちげん》さんが迷い込んでくる。

常連達が静かに茶の時間を楽しむ中、居心地悪そうに辺りをキョロキョロ見渡したり、せっかく頼んだ珈琲《コーヒー》を一気に飲み干し長居することなく出て行ってしまったり。

しかし、数名の好奇心ある客は、ひそひそと給仕に尋ねるのだ。

多分に漏れず、東野花純《ひがしのかすみ》もその一人だった。

「どうして金魚館なの？」

花純の問いかけに、店員の古井戸薄荷《ふるいどはっか》が苦笑する。

「金魚《きんぎょ》さんのせいだよ」

「金魚さん？」

「そうだよ。金魚さんだよ」

金魚に「さん」と敬称をつけるのが、この男の流儀らしい。

風のように軽やかで、柳のようにしなやかで。摑《つか》めそうになるとするりと躱《かわ》されてしまう。

花純の通う大学の先輩にあたる古井戸薄荷と知り合ったのは、彼女がまだ入学したての頃だ。いくつかのサークルから勧誘を受け、小説家志望だった花純は、その中からミステリ研究会を選んだ。

文学部の学生で結成された研究会は、サークルと呼べるほど人はおらず、少人数で運営されていた。

その中にいた上級生が、目の前の店員。古井戸薄荷だったのだ。

痩身《そうしん》で背が高く端整な容姿をしている古井戸は繊細な雰囲気を醸し出しており、初見では花純を見とれさせたものだったが、話してみるとその奇矯《ききょう》な言動に驚かされることが多かった。

彼の言動は、会の中でも浮きまくっていた。というか、古井戸そのものが浮世離れしていた。エキセントリックというか、風変わりというか。とにかく、外見とかけ離れた性格をしている古井戸は、いろんな意味で目立つ存在であった。だからといって、友達がいないわけではなく、常に数名の学友と彼は過ごしていた。

そんな古井戸が、就職活動真っただ中、進路を唐突に声優希望などと雲を摑むような非現実的な夢に定めても、誰も異論を唱えなかった。

むしろ、古井戸なら仕方ない。と納得し、止めるどころか応援し始めたくらいだ。

結果。大学卒業後、なんとかそれっぽい仕事はあるものの、声で食べていくことはできず、ここ金魚館の店員として働いている。

古井戸ほど堂々と声を上げることはできないが、見果てぬ夢を持つのは花純だって同じだ。

こんな田舎にいないで、上京して本格的に夢に向かって頑張ればよいと花純が古井戸に何度アドバイスしても、家庭の事情なのか金銭的な問題なのか「それはちょっと」と、歯切れ悪くはぐらかされてしまう。

生粋《きっすい》の地元民の古井戸とは違い、花純は東京出身だ。大都会を知っている身上であえて思うのである。

今みたいに田舎でネット声優をしたり、動画などの音声配信も悪くはないが、東京の事務所や養成所で本腰を入れて仕事を探したほうがいいのではないか。なまじ、ウェブ上でそれなりにファンもついており、古井戸自身の声も決して悪くないだけに、なんとももどかしい気分になるのだ。

一方、花純はというと、学業の合間を縫って書き投稿した小説は悉《ことごと》く惨敗《ざんぱい》しており、自信をなくしつつあった。それでも小さい頃からの夢だった作家への道を諦《あきら》めきれず、今日のように金魚館へやってきては、古井戸や店主の別流瀬《べるせ》にポツポツ話をして気を紛らわせている現状だ。

最初は、古めかしいカフェの内装や常連達への気後れから、おっかなびっくりだった花純も、訪れる回数が増えるにつれ金魚館に馴染《なじ》んでいった。

今では店主の別流瀬と気兼ねなく会話できるほどには、常連の仲間入りを果たしている。

「花純さん。今更、金魚さんのお話ですか？」

別流瀬が奥から顔を出した。

あの低く抑揚のない「いらっしゃいませ」は大抵、別流瀬の声だ。

金魚館店主、別流瀬隆治《たかはる》。見かけは二十代後半だが、年齢不詳。こちらも、かなりの美青年だが、古井戸とは違い古風な雰囲気を漂わせている。

花純が初めて金沢《かなざわ》の地に降り立った時に感じた印象と、どことなく似ている。

笑顔なのだけれど近寄り難い。けれど落ち着くような。ずっと見ていたくなるような。不思議な感覚だ。

黒いカフェの制服は、本人の物腰のせいなのか、別流瀬が着ていると軍服を思い起こさせた。それに、金沢がかつて軍都だったことを思い出させる。戦時中、陸軍第九師団司令部が置かれていた事実を忘れてしまうくらい、金沢は近代的な文化に溢《あふ》れている。戦火に見舞われなかったこの都市は、高いビルと古い家屋が混在する城下町であり、過去現在未来、全てを体現しているのだ。

「どうして金魚にさんづけなんですか？」

「ああ。金魚さんは人間ですよ。ほら、そこの」

指をさすのではなく、優雅な舞いのような美しい所作で、別流瀬が指を揃《そろ》え掌《てのひら》を反らし示した場所を花純が注視する。

草槇《くさまき》の漆塗《うるしぬ》りの柱。そこに、場違いにべったりと貼《は》られた和紙。

魚の銀の鱗《うろこ》入りの手漉《てす》き和紙には、味のある筆文字でこう書かれていた。

『母の手　父の手　子供の手
寂しいな　寂しいな
離して一歩　前に出る』

左下に押された朱の印章が鮮やかだ。篆書体《てんしょたい》を崩したような印章の名前は、言われてみれば『金魚』と読めなくはない。

「はあ。金魚ってペンネームですか」

「金魚さんは詩人だから、雅号《がごう》かな。山口《やまぐち》金魚さんだよ」

「知らないですね」

「あはは」

にべもなく告げる花純に、古井戸が苦笑する。別流瀬は変わらずいつもの笑みを湛《たた》えたままだ。

「詩画《しいが》ですか？　よくありますよね。こういうの」

「金魚さんは絵は描かないんだよ。専《もっぱ》ら詩だけ書いてる」

「もしかして、あっちこっちに貼られてるの、全部この人の作ですか？」

「そうそう。扉や柱にあるの全部金魚さんの詩だよ」

「そうなんだ。ごめんなさい。心になんにも響かなかったから気にも留めてませんでした」

「あはは……」

冷や汗をかきながら、笑って誤魔化す古井戸の声を遮《さえぎ》るように、別流瀬が口を開く。

「そこがいいんですよ」

「え?」

「金魚さん、才能ないでしょ。そこが素敵なんです」

「ちょ、別流瀬さん」

慌てて周囲を見渡す古井戸。だが何度見渡しても花純以外、客の姿はない。もちろん、金魚の姿も。

「才能もないのに、夢を見てて。可愛《かわい》らしくないですか? 私は好きですよ。金魚さんの詩。読んでいると愛《いと》おしい気持ちがわいてくる。いとしげにって思いますよね」

「いとしげ、ですか」

そうかなあと不思議そうにする花純の前で、古井戸が手を横に振る。

「違う違う。いとしげってね。金沢弁で可哀相《かわいそう》、気の毒って意味なんだよ!」

「ああ。才能がなくて可哀相って意味?」

「しーっ!」

金魚さんとやらに聞かれたら余程まずいのか、古井戸が綺麗《きれい》な形をした唇に人差し指を当てる。

「そうです。いとしげだから、たくさん貼ってあるんですよ」

「別流瀬さんって、金魚さんが本当に大好きなんですね」

「さあ、どうでしょう?」

店中、金魚の詩が貼り付けてあるくらいだ。別流瀬は軽く流してはいるが、彼への入れ込み具合は相当なものだ。

「金魚さんって、カッコイイですか?」

「なかなかの美丈夫かと思いますよ」

「へえ。ちょっと見てみたいかも。今、どちらにいらっしゃるんですか?」

「そうそう。金魚さんって、確か放浪癖があるんでしたよね」

「よく知ってるね、古井戸くん」

「この詩は、加賀《かが》方面にいた時に書かれたものだって、以前別流瀬さんから聞きましたから」

「ふうん。それじゃ、今は金沢にいないんですか?」

「どうでしょう?　いるかもしれませんし、いないかもしれませんね」

曖昧《あいまい》な別流瀬の答えを花純はそれ以上追及することはなく、視線を手元のカップへと落とした。金魚の詩は彼女の琴線《きんせん》にさほど触れなかったらしい。

「そういえば、今日ってどなたも見かけませんね。常連さん達」

「まだ二時過ぎですからね。そろそろ誰かしらいらっしゃると思いますよ」

「花純ちゃんは講義、どうしたの？」

「休講になったからここにいるんじゃない」

「なるほど」

カップも磨き終わり、手持ち無沙汰《ぶさた》になった古井戸が所在なく黒のナロータイを直す。

「前はこの時間帯って、土間《どま》さんがよくいらっしゃってましたよね」

「ええ。以前はそうでしたね。最近はお見かけしませんけど」

「お体の具合、芳《かんば》しくないんでしょうか」

「どうですかね。持病の肝臓の具合がよくないと聞きましたが、それからは……。一緒にお見えになっていた娘の日鞠《ひまり》さんも、最近はいらっしゃいませんし」

「肝不全《かんふぜん》、でしたっけ……。土間さん、お酒がかなりお好きでしたから」

「土間さんって、私、前にお話ししたことありますよね？」

「そうでしたね。土間さん、花純さんとお話ししている間、上機嫌でしたよ」

「だって、すっごく優しくて紳士なオジサマだったもの」

花純の愛用の茶器、ウェッジウッドのクィーンオブハートのカップはすでに空になっており、別流瀬が黙って微笑《ほほえ》みながら二杯目の紅茶を注ぐ。お茶請けのレモンケーキは、本日のサービスだ。

レモン味のアイシングがかかったパウンドケーキは、別流瀬のお手製である。檸檬《レモン》の酸《す》っぱさに少しだけ顔を顰《しか》めつつ、果実の酸味によって引き立てられた焼き菓子の甘味は極上で、あっという間にケーキを平らげてしまった。

「美味《おい》しい！　別流瀬さんってホントなんでもできますよね。お菓子作りも上手だし、珈琲も夢みたいに美味しいし」

「紅茶は古井戸くんに負けますけどね」

「いや……僕の場合、珈琲を淹《い》れる才能がありませんから……。なぜか泥水みたいになるんですよね……」

「最近は、お店に出せるまでには成長したと思いますよ」

「……僕が珈琲を淹れてお出しすると、常連さん達が目に見えてがっかりした表情をするんですよ。それが非常に心苦しく……」

「珈琲も紅茶と同じですよ。ここだ、と思うポイント、直感的にありませんか？」

「ここだ！　って僕が思うと、溝泥味《ドブどろあじ》になるんですよ……」

皆で古井戸の自虐《じぎゃく》的珈琲談義に興じていると、籠《こ》もった店内に突然涼風が吹きこみ、客の訪れを告げた。

「薄荷くん。お父さんは薄荷くんの淹れたコーヒー、褒めてたよ？」

「日鞠さん」

店の硝子戸《ガラスど》から髪の長い女の子が顔を見せた。年の頃は花純と同じほどか。人好きのする笑顔を浮かべ、右から二番目のカウンター席に腰掛けた。

「いらっしゃいませ、日鞠さん。今日は土間さんとは一緒じゃないんですか？」

「こんにちは、別流瀬さん。あー。そうなんですよ。今日は私だけで……ここ、お父さんのいつもの席ですよね？　私が座ってもいいですか？」

「もちろんですよ。お座りください」

「ありがとうございます……お父さん、もうこの席、座れないかもしれないから……」

「どういうことですか？」

「……もしかしたら、入院するかもしれないんです……」

別流瀬の問いに、日鞠が曖昧に笑う。

その先は、聞かなくてもわかった。この席にもう座れない。そう娘の日鞠が言うのなら、土間の容態はかなり悪いに違いない。

「注文、いいですか？」

「はい。どうぞ」

「シナモンコーヒーを」

花がほころぶみたいに儚《はかな》げな微笑で、日鞠がメニュー表も見ずにオーダーする。

ひと仕事終えたように日鞠はふうと息を吐き、ぐったりと背もたれに体を預けていたが、右隣に座っていた花純に視線を向け、ニコッと愛想のいい笑顔を向ける。

花純も、何度か土間親子と金魚館で一緒になることがあった。確か、父の土間礼司《れいじ》は老舗《しにせ》の温泉旅館で支配人をやっており、娘の日鞠は私立の大学へ通っていると別流瀬から紹介されたことを思い出す。

「花純ちゃんじゃない。久しぶり」

「こんにちは、日鞠さん。私のこと覚えてくれたんですね」

「当たり前よ。ここ、若い女の子の常連さんあまりいないから。あ、大学生活はどう？金沢にはもう慣れた？」

「大学は、普通です。金沢は……まだ行ってない所がたくさんあります。どこかオススメの場所ありませんか？」

「そうねえ。ひがし茶屋街はもう行った？」

「興味はありますけど、まだ行ったことはないです」

「なら、かなりオススメだよ。本物の芸妓《げいぎ》さんが歩いてたり、華やかだけど、品のある街だよ。こう、どこからともなくお三味線《しゃみせん》の音や謡《うたい》が聴こえてきたりして……あそこは重伝建地区だから、昔の遊郭街《ゆうかくがい》がそのまんま残されてるんだよね。街の中を散策するだけで、とっても楽しいよ」

「そんなこと聞いたら、すぐにでも行きたくなっちゃいますよ」

「でしょ？　ねえねえ、薄荷くん。次の休みにでも、花純ちゃんを連れてってあげたら？」

「ええっ。僕がですか？」

「何でよ。花純ちゃんとは嫌なの？」

「とんでもない！　逆ですよ逆。でも、僕、花純ちゃんと一緒に出かけたことないし……その、最初は僕が行き先を決めたいというか、はは……」

頬《ほお》を赤らめる古井戸を余所《よそ》に、花純はマイペースに紅茶を飲み干し、お代わりを手ずから注ぎ足す。

「あ。大丈夫です。私なら平気ですよ。周遊バスも出てますし」

「え」

「むしろ一人で散策したいタイプなので、古井戸くんはいらないです」

「えっ」

ショックを受ける古井戸などお構いなしに、三杯目の紅茶を花純は味わう。対照的な二人の様子に日鞠が小さく笑った。別流瀬は相変わらず笑顔のままだ。

「あはは。これは手強い。薄荷くん、頑張ってね」

「僕だって頑張ってますよ！　そうだなあ。定番の兼六園《けんろくえん》から始まり、地元民しか知らない老舗の名店のフルーツパーラー、足湯、温泉巡りでしょ。それから、霊験あらたかな神社仏閣《ぶっかく》を回って、最後に僕オススメのお鮨屋《すしや》さんで夕飯を食べて……今の時期アンコウの肝のお鮨がいいですかね？　いや、ここは香箱蟹《こうばこがに》も捨て難い……」

「別流瀬さん、紅茶のお代わりいいですか？」

「はい。茶葉はどうしますか？」

「えええ」

古井戸が花純に好意を持っているのは、第三者の目から見ても明らかだ。だが、花純のほうは古井戸に対し、なんとも思っていないのも明らかなのである。

「あ。……やっぱりオーダー変えていいですか？」

「どうぞ」

「私、シナモンコーヒーが飲みたいです」

「おや。花純さんがコーヒーとは珍しい」

「だって。日鞠さんからシナモンのいい匂いがするんだもん。なんだか、飲んでみたくなってきちゃって」

花純の頭の中は古井戸の話よりも、先程話題に上がった土間の件で占められていた。

「それでは、ウィンナコーヒーにしましょうか。あれなら、生クリームが浮かべてありますし、コーヒーが苦手な貴女《あなた》でも飲みやすいでしょう」

「そうしてください」

程なくして、やや深煎《い》りのブレンドに生クリームを浮かべたコーヒーが花純の目の前にことりと置かれた。添えられたシナモンスティックの端は銀紙に包まれ、その手間がなんとも可愛らしい。シナモンの甘い香りはコーヒーの匂いとよく合って、花純の嗅覚《きゅうかく》を楽しませた。

「シナモンコーヒーってお洒落《しゃれ》で可愛いですよね。日鞠さんの雰囲気にぴったりっていうか」

「ううん。私の趣味じゃないのよ。お父さんがね。昔、東京の名門ホテルに勤めてた頃があってね。お父さん、ちょっと外国かぶれなとこがあるから」

「そうなんですか？」

「そう。英語も堪能なんだよ」

「わあ、土間さん、今でさえ素敵なのに、若い頃はすごくモテたんじゃないんですか？」

すらりと背の高い日鞠の父親は、一見英国紳士を思わせた。歳の離れた花純から見ても、十分魅力的に見える。

「モテモテ、ねえ。……お父さん、今も彼女いるよ」

日鞠が苦笑しながら、カップに口をつけた。

「え。今も？」

「お父さん、独り身だからね。恋愛してもいいとは思うけど……娘としては複雑で……」

「なんでですか？　モテないお父さんよりモテるお父さんのほうがよくないですか？」

古井戸が突然二人の会話に入ってくる。

「……………」

古井戸の質問には答えず、日鞠が黙ってコーヒーに口をつけた。

「それに、土間さんの奥さんって亡くなってますよね。なんの障害もないじゃないですか」

「……古井戸くん」

たしなめるように、らしくない鋭い口調で別流瀬は古井戸の名を呼んだ。それに、はっとしたのか、古井戸がようやく押し黙る。

「いいよいいよ。薄荷くんがそう思うのも当たり前だし……あのね。私、お父さんの彼女のこと、好きになれないんだ。彼女さんね、お父さんの肝臓が弱ってること知ってるのに、毎晩お酒飲ませてたみたいで……まあ。お酒が好きなお父さんが悪いんだけどね」

「日鞠さん……」

日鞠の白い横顔は口角は上がってはいても、その表情は哀《かな》しみに沈んでおり、花純にも心情を推し量ることができた。

「シナモンと言えば、土間さんはトーストやパンケーキを召し上がる時、必ずシナモンパウダーをかけてましたよね。余程お好きなんですね」

微妙になった空気をすっと入れ替えるように、別流瀬が自然な調子で話題を変える。沈痛な面持ちだった日鞠に、笑顔が戻る。

「お父さんね、シナモンの香りを嗅《か》ぐと昔の下積み時代を思い出すんだって、言ってた。外国のお客様によくしてもらったとか、指名をもらっただとか、酔うとよく話してたもの」

「うちのメニューでもシナモンは欠かせませんよ。シナモンロール、アップルパイ、フレンチトースト……。やはりシナモンは影の主役ですから」

腕時計に目をやった日鞠は、「いけない」と独りごちたあと、慌てて残りのコーヒーを飲み干し、「ごちそうさま」とカウンター席から立ち上がった。

「そろそろ戻らないと……お父さんの様子も気になるし」

「そうですか……」

「……お父さんの部屋に行くと、彼女さんがずっといるから、正直会いたくないんだけどね。でも、私は一人娘だし。……まさか私より七つ年上の人がお父さんの彼女になるなんてね……」

ふらりと日鞠の体が揺れた、その拍子に口をつけられなかったおひやが零《こぼ》れた。

切子《きりこ》硝子のグラスから透明な水がテーブルに流れ、小さな水たまりを作る。

「日鞠さん！　大丈夫ですか？」

慌てて花純が日鞠に駆け寄る。

「ごめんなさい……。ここのとこ、お父さんの容態が芳しくなくて、私もあまりよく眠れてなかったから」

「……日鞠さん」

「彼女さんがね。お父さんの部屋へ行くと私のこと、追い出そうとするんだよね……」

「え？　どうしてですか？　日鞠さん、土間さんの娘なのに」

「わからない。多分、私のことが邪魔なんだと思う……」

「そんな……！」

「あはは。しょうがないよ。きっとあっちもそんなに私と年齢が変わらないから、どう接していいかわからなくて戸惑っているのかもしれないし」

テーブルの上にできた水たまりの世界に映る日鞠の顔は、無機質な人形のようだ。けれど、花純の目の前にいる日鞠は明るい笑顔を湛えている。

「変なこと言ってごめんね。それじゃ、また」

花純に小さく頭を下げ、日鞠は出入り口近くのレジカウンターへと足を向けた。

「お会計、六百円です」

別流瀬に千円札を渡し小銭を受け取った日鞠が、ぽつりと呟《つぶや》いた。

「……またお父さんと、ここに来られるといいんだけど」

「あなたが願うなら、来れますよ。きっと」

「……ありがとうございます」

別流瀬は常に笑顔だが、それは相手を慮《おもんぱか》らない愛想一辺倒の営業スマイルではない。今も土間の体調の心配をし、微笑は浮かべているものの面差しは日鞠を思ってか痛ましい。

だからといって、客の中に特別な存在がいるわけではない。特別枠を作ろうともしないし、贔屓《ひいき》もしない。常に皆に平等であろうとする姿は、彼なりの接客のポリシーなのか。

別流瀬隆治は、他人と一定の距離を取り、近くもなく遠くもないスタンスを取る。

それが、この男の好かれる所以《ゆえん》でもあり、金魚館の常連が絶えない理由でもあった。

一礼をして見送った別流瀬に、不安げな花純が尋ねる。

「あの。土間さんの容態って、かなり悪いんでしょうか?」

「日鞠さんのお話を聞く限りでは、そのようですね」

「別流瀬さん。お見舞いとか行ったりは……」

「土間さんの傍《そば》には彼女さんがつきっきりでいらっしゃるようですし。だとしたら、私達などがお見舞いに出向いても、ご迷惑になると思います」

「ですよね……」

何もできない自分を歯痒《はがゆ》く思っている花純の視界に、あるものが入った。

先程、日鞠が座っていた場所に大きな茶封筒が置かれていた。

「あ。これって、日鞠さんの忘れ物……」

今ならまだ日鞠に追いつくかもしれない。そう思った花純が慌てて封筒を手に取ろうとしたが、勢い余ってそのまま封筒を滑り落としてしまった。

ばさりと、封筒の中に入っていた書類が一面に散らばる。

「うわ。やっちゃった」

「花純さん。日鞠さんは車でいらしていたので、追いかけるのは無理だと思います」

「そうだったんですね。大事な書類だったらどうしよう」

「あとで日鞠さんに私から連絡するので安心してください」

別流瀬を制し、自分が落としたのだからと花純が床にしゃがみ込んで書類を拾う。極力見ないように心がけたつもりだったが、どうしても書類に書かれた文字が花純の目に飛び込んでくる。

生前分与……、土間と日鞠の名前。それから、知らない女性の名前。

「これって……」

日鞠の言っていた父親の恋人に違いない。その女性に土間の土地や財産などが贈与されることになっていた。

「花純さん、どうかされましたか？」

「い、いえ……」

一瞬、言葉を失った花純に、別流瀬が声をかける。焦りながらも書類を全て封筒に戻し、そのまま別流瀬に預けた。

若い、女。彼女。多額の遺産。

もしかして、相手は土間の財産目当てではないのか？

父の看病で疲れきっていた日鞠を思うと、花純の中にその女性に対し言い知れぬ怒りが込み上げてきた。

「……土間さん。早く元気になるといいですね」

そうだ。土間には、一日も早く元気になって目を覚ましてもらいたい。そうして、今は若い彼女に舞い上がっているのかもしれないが、もっと冷静になって日鞠に向き合ってほしい。

在《あ》りし日の、土間親子の姿が思い浮かぶ。

蜂蜜《はちみつ》のようなとろりとした午後の陽射《ひざ》しの中。あの親子は温かいコーヒーとパンケーキを食べながら、仲良さそうに笑っていた。

あんなに仲が良かったのだから。きっと、元気になって日常に戻れば、土間も落ち着いて自分の状況を省《かえり》みれるはずだ。

「元気になって、また日鞠さんとここに来てほしいな」

「もう無理じゃないかな」

「え？」

誰もいない出入り口を眺めながら古井戸が呟いた。

土間の回復を願う雰囲気が漂う中、古井戸一人が『無理』だと断言する。

「古井戸くん、なんでそんなこと言うの？」

「だって、本当のことだから……」

古井戸の発言が罵《ののし》られることは少なくない。それを悪意と感じ離れていった友人は数えきれない。しかし、古井戸の言動を理解せずとも、彼自身を好いて残っている友人も少なからず存在はしている。

沈黙を尊ぶ別流瀬は、こんな時は黙して語らない。

「……ひどいよ」

怒りに声を震わせる花純を見て、古井戸がやっと己の発言が問題を起こしたことを理解する。いや、心底理解はしていないのだが、経験上またやってしまったことを彼は理解した。

「ごめん」

「……古井戸くん。なにかわかったんじゃない？」

「でも土間さん、大丈夫なんだよね？　まだ」

気を遣ったつもりの古井戸の言葉が、花純の心を逆撫《さかな》でする。

彼に悪気はない。頭ではわかっているつもりでも、不謹慎な発言に花純の気持ちがついていけない。

「古井戸くんの失言なんて、いつものことじゃないですか」

「別流瀬さん」

「でも……僕、またひどいこと言っちゃったみたいで……」

「花純さんと私の前では、まだ目を瞑《つむ》ります。が、お客様の前だけでは絶対にやらないでくださいね」

「あ！　はい。それは、かなり気をつけてます……」

しゅんと項垂《うなだ》れる古井戸に、花純が怒りを通り越し呆《あき》れ顔になる。

「……別流瀬さん。なんでこんな店員を雇ったんですか？」

「接客は私が目を光らせてますから、今のところ大事《だいじ》はないです。もちろん、これからも古井戸くんを躾《しつけ》ていくつもりですよ。これでも、大分マシにはなったんですけどね。花純さん、ここは私に免じて古井戸くんを許してはくれませんか？」

別流瀬の穏やかな笑みに、花純がはあと溜め息をついた。少しばかり毒気を抜かれる。

「別流瀬さんは、古井戸くんのどこがいいんですか」

「古井戸くんは、元々実家がご近所さんですからね。これでも、彼はひがし茶屋街の大きなお店の息子さんなんですよ。彼のことは幼い頃から知っていますし、知人から紹介された手前もありますが……しいて言えば、古井戸くんが完璧ではないからですかね」

「……金魚さんみたいにですか？　才能もないのに、ふらふら詩客《しかく》をやってる彼のように」

「あはは。そうですね。私は、どこか欠けてる人間が好きなんです。人でも、物でも」

「別流瀬さんは、古九谷《こくたに》の陶片蒐集《とうへんしゅうしゅう》が趣味なんだよ」

古井戸が空気を読まずに明るく二人の会話に割って入ってくる。

「古井戸くんは、他に言うことあるんじゃないの？　さっきの『もう無理』ってどういうこと？」

「それは……僕がそう思っただけで、深い意味は……」

「嘘《うそ》。古井戸くんに限っては、絶対そうじゃないよね。なにか思うところがあったから、出た言葉だよね」

「えっと……」

困ったように古井戸が長い睫毛《まつげ》を伏せた。しかし、納得しない花純の視線はずっと古井戸に向けられたままだ。

一拍して渋々、重い口を開く。

「日鞠さんです」

「日鞠さん、ですか？」

「日鞠さんがいる限り、土間さんが回復することはない、と思います」

「え？　土間さんの彼女じゃなくて？　なんで日鞠さん？」

意外な人物の名を出され、花純が狼狽《うろた》える。

「どうして日鞠さんが土間さんの病状悪化に関係してくるんですか？」

コーヒーは一口も飲まれることはなく、花純の前で時間の経過とともにどんどん冷めていく。

「とにかく。日鞠さんなんです。それが、僕の答えだから……」

「ちょっと待って。話が見えてこない。日鞠さんが土間さんの病状にどう関係してくるのよ？」

「伸ばした指先。死の匂い。憎しみ。そして、表裏一体」

「古井戸くん、なにを言ってるの？」

「…………」

押し黙る古井戸から、これまでの失言による数々の失敗がうかがえる。

彼は、怖いのだ。

また自分の発言で、誰かを不快にさせてしまうのが。それにより、好意を寄せている花純に嫌われてしまうことを、これまでの経験上から理解して、恐怖し、怯《おび》えている。

「……もしかして、土間さんに彼女がいたから、娘の日鞠さんが怒ってるってこと？」

「……よかった。花純ちゃん、わかってくれたんだ」

「ううん。古井戸くんにそんなこと言われたら、ますますわからなくなっちゃったよ」

「え……」

安堵《あんど》が見えた古井戸の表情に、再び陰《かげ》が落ちる。

「死の匂いとか……憎しみってなに？　日鞠さんが土間さんに憎しみを抱いてるってこと？」

物言わぬ手つかずのコーヒーを前にして、花純の顔が曇る。

その顔は水たまりの世界の中の日鞠と違い、毅然《きぜん》としていた。

「私はそうは思わないよ。むしろ、怪しいのは土間さんの恋人だと思う」

「違う。僕は、視《み》た」

「視たって、何を？」

「……子供と親は違う。愛情は他にもある。彼は自分の人生を大事にしている。消えない咎《とが》があるけれど……」

毎度のことながらわけのわからない古井戸の言葉に、花純が大きく溜め息をついた。

「……はあ。あのね、古井戸くん。日鞠さんがどれだけお父さんのことを好きか、私でもわかったよ。さっきも、看病疲れで倒れそうになってさ。日鞠さんのあの姿を見てまだそんなことを言うって、人としてどうなのよ。それに、疑うべきは土間さんの彼女じゃない？　肝臓の悪い土間さんに、お酒飲ませてたって言うじゃない。さっきの書類だって……」

「書類、ですか？」

「……ううん。別流瀬さん。ごめんなさい、なんでもないです」

別流瀬の鋭い問いに、口を噤《つぐ》む。流石《さすが》に関係のない花純が、生前分与の書類を盗み見たなんてことを言えるわけがない。

「でも、僕は視たんだ。その、なんていうか……」

険悪な空気が金魚館に立ち籠める。唯一店主の別流瀬だけが、いつものように涼しげな笑みのまま、日鞠の残したカップを手際よく片づけている。

「花純さん。あまり古井戸くんを追いつめないであげてください。これでも彼は、あなたの疑問に真摯《しんし》に答えようとしているんですよ」

「でも……視たって何をですか？　古井戸くんの言葉を聞く限り、私にはただの言いがかりにしか思えません」

「言いがかり、じゃなかったとしたら？」

別流瀬が花純の前に置かれた冷えきったシナモンコーヒーを、新しいものに代えてくれる。

「雪が降ってきたようです。どうりで、常連さん達が顔を見せないわけですね」

「別流瀬さん」

日鞠に対する古井戸の言葉に憤懣《ふんまん》が消えない花純は、ひどく苛立《いらだ》っている。そんな花純を、優しい微笑みで別流瀬がコーヒーを飲むように勧める。

「古井戸くんが語らないのなら、私が代わりにお話ししますよ」

黒いギャルソンエプロンを結び直し、改めて別流瀬が花純に向き直った。

「日鞠さんは、土間さんを憎んでいるのでしょう。……それこそ、いなくなってほしいと願うほど」

凍る空が、レトロ硝子の窓から見える。気泡の入った古い硝子から空を眺めると、まるで海の中にいるようだ。

梔子《くちなし》をかたどった古いランプが夜にほんのりと灯《とも》る漁火《いさりび》のようで、ともすれば暗い海の底にいる錯覚に陥《おちい》る。

「なんでそんなことが言いきれるんですか？　疑わしいのは、土間さんの彼女のほうだと思います」

侮蔑《ぶべつ》と不信の眼差《まなざ》しで、笑顔を崩さない別流瀬を花純が負けじと見つめ返す。

ちらりと、別流瀬が奥の柱に目を向ける。

そこにあるのは、金魚の詩。

『母の手　父の手　子供の手
寂しいな　寂しいな
離して一歩　前に出る』

先程、あんなにバカにしていたのに。

今はなぜか、あの詩が花純の胸を切なく打った。

親元を離れ、見知らぬ土地に来た花純にとって金魚の文は、ただの親離れの詩に思えた。

けれど、日鞠は？

日鞠は、この詩を読んだのだろうか。もし読んだのならどう思ったのだろうか。

「確かに、証拠はありません。推測ですね。だけど、これだけは言えます」

だんだんと冷えてきた店内に、別流瀬の微笑みは寒気がするほど優しい。

「親殺しになる覚悟が、彼女にはあった。なぜだと思いますか？」

時刻は夕方にさしかかったようだ。別流瀬の影は長く、それ自身に意志があるよう黒い生き物のごとく伸び始める。

「好きだったんですよ」

別流瀬の言葉に、花純の耳が、目が、彼へと惹《ひ》きつけられた。

「単純な話です。恋人といる父親を、彼女は許せなかった」

「でも……」

花純は聞いていた。

『……またお父さんと、ここに来られるといいんだけど』

切ないくらいの日鞠の想い。

「日鞠さん、またお父さんとここへ来たいって、言ってたじゃないですか」

「私も、あの言葉に嘘はなかったと思いますよ。ねえ、古井戸くん」

そっと、別流瀬が古井戸の肩を叩《たた》いた。ここからは自分でどうにかしろと言いたいらしい。

「……上回ってしまったんだと思う。日鞠さんのお父さんへの愛情が……」

つっかえつっかえ、言葉を慎重に選びながら古井戸が話し続ける。その様は、酸素の足りない水槽の中で苦しむ魚のようだ。

「日鞠さんの……ここへ、また土間さんと一緒に来たい気持ちは本物だと思う。けど、その土間さんは、恋人がいる土間さんじゃない。以前の、日鞠さんが望んだ父親としての土間さんであって……」

古井戸の目が、虚空を見つめている。ふわりと浮かぶ湯気から、淹れたてのシナモンコーヒーの香りがした。

「土間さんの奥さん。日鞠さんのお母さんは、十年前に心臓の発作で亡くなりました。当時、別の女性宅にいた土間さんは奥様の死に間に合わなかったそうです。お母さんの傍にいた日鞠さんはまだ幼く、どうすることもできなかったと聞いています」

「え……」

別流瀬から衝撃的な過去を聞かされ、一瞬、花純が息を呑む。

「……そんなことがあったんだ」

「…………」

静かに頷く別流瀬に、それでも花純は怯《ひる》まなかった。

「日鞠さん。お父さんのこと、すごく憎んでるかもしれない。私も、自分のお父さんがそうなっちゃったら嫌いになると思います。けど、それだけで日鞠さんを疑うのは……」

どうしても花純には、古井戸のように日鞠を疑うことができずにいた。やはり、疑うべきは多額の金を手に入れることになる恋人が妥当だ。

「……そうだね。全部、僕の憶測でしかない話だよ。僕だって、こんな風に視えてしまうのは嫌だよ。土間さん親子は、僕にとっても大切な常連さんだったんだ」

「あ……」

『視えてしまうんだ』

と、かつて古井戸は言った。

あれはミステリ研究会の皆で揉《も》めた時だ。例のごとく古井戸の発言で、サークルが分裂の危機に陥った。

『なんであんなことを言ったんですか？　あそこまで言われてしまったら、みんな怒るに決まってるじゃないですか。古井戸先輩は、みんなの苦しんでる様や哀しんでいる姿が見たいんですか？』

まだ花純が、古井戸を先輩と敬《うやま》っていた頃だ。今では、古井戸の口さがない部分が露呈して、先輩呼びはやめてしまった。

『そんなわけないじゃないか。僕は、みんなに笑っていてほしいよ』

『なら……』

『これからは極力気をつけるようにする。人を傷つける発言はしない。でも……』

あの時と同じ。

晴れの日が少ない金沢は、いつだって曇りの日が多い。

校舎の大きい窓から、今日のような曇天《どんてん》を見上げながら、古井戸が自嘲《じちょう》的な笑みを浮かべた。

『ごめんね。言わないようにするけれど。きっとこれからも……真実しか、僕には視えない』

その時、花純は思ったのだ。

一番哀しいのは、古井戸自身なのではないかと。

あの日から、花純は古井戸の傍にいるようになった。極力言わないようにと自戒していた古井戸だが、たまにぽろっと人を傷つける言葉を口にすることがあった。そんな時、花純は彼に対して怒ったり哀しむことはあっても、古井戸を決して見捨てることはなかった。

彼の苦悩が、なんとなく理解できたからだ。

「……古井戸くん。あのね」

「…………」

「古井戸くんが視えたものを、私も共有したい。だから、教えてほしい」

「花純ちゃん……」

「古井戸くんのこと。私、知りたい」

思い出す。古井戸が暴いてきた人々の心の秘密を。

同級生が隠していた辛《つら》い過去や、触れてほしくない家族の内情。本当は嫌いなくせに、無理して仲良しを演じ続けている友達関係などと、様々だったが。

知られたくない心の秘密を看破《かんぱ》してしまう。そのことによって、古井戸自身、何度も辛い目にあってきただろう。

けれど、それが自分の意志と関係なく、視えてしまうものだとしたら？

人々が語るあべこべの世界は、古井戸にどんな景色を見せているのだろう。

取り繕わなきゃ生きていけない人間を、古井戸はどんな気持ちで見つめているのだろう。だとしたら。日鞠の気持ちを一番理解しているのは、古井戸なのではないのか。

「……花純ちゃん。今、飲んでるコーヒー、シナモンが入ってるよね」

「……それが、どうかしたの？」

シナモン好きな土間を連想させるその独特の香りは、甘い罪過《ざいか》の匂いがした。

「前に僕が話したこと、覚えてる？　……その、おかしな力があるって……」

「うん……。半信半疑だったけど」

「そう。……僕は、追憶探索……他人の過去や思い出が視えるんだよ。こんなの、信じてくれたのは別流瀬さんくらいなんだけどね。僕にしか視えないし、僕が嘘をついていると言われればそうなるよね。なんせ、証明する術《すべ》がない。だから、今から僕が話すことは、空想だと思って聞いてね」

古井戸が、少しだけ哀しげに笑う。

「思い入れが強いものに触れるとね。視えるんだ」

なにが、とはもう訊けなかった。花純にできることは、真《ま》っ直《す》ぐな気持ちで古井戸の言葉に耳を傾けるだけだ。

「日鞠さんの飲むシナモンコーヒーからね。視えたんだよ」

「え？」

「後悔、懺悔《ざんげ》、母親。それから、愛情。父にしがみつく娘。行かないで、放さないで。……ひとりにしないで、お父さん」

切れ切れの単語を呟く古井戸を制した別流瀬が、いつものように花純に笑いかけた。

「花純さん。シナモンには老化防止、血管の流れを良くする効果があるのはご存じですか？」

「え……ええ。一応は」

「シナモンは若返り効果が期待できるので美容サプリメントとしても売られていますし。日鞠さんも、お父さんの健康にとシナモンのサプリをのませていたと聞いています」

別流瀬の話を聞きながら、花純はシナモンコーヒーを一口飲んだ。甘い香りが、今は妙に息苦しく感じる。

「土間さんは、お酒の飲み過ぎで肝臓を悪くした自分に、毎晩娘がアロマオイルでマッサージをしてくれるのだと自慢してたんですよ。もちろん、アロマオイルもシナモンを使用していたそうです。シナモンオイルの効能は、陰鬱《いんうつ》な気持ちを明るくする効果がありますし、病気になって塞《ふさ》いでいた土間さんにピッタリだと思います」

「……私には、お父さん想いの日鞠さんの、いい話にしか聞こえないんですけど」

「違うんだよ。僕には……」

ぎゅっと、握りすぎて白くなった古井戸の拳《こぶし》は、爪が皮膚に食い込み血が滲《にじ》んでいた。

「土間さんが殺されるんだって、わかった」

雪のせいか外は音もなく、しんしんと静謐な雰囲気が店内に漂う。

「シナモンに含有される成分、クマリンは……過剰摂取すると、肝機能障害を起こすおそれがあります」

「え……？」

「海外では問題視されているらしいです。肝毒性を持つクマリンは、長期に過剰摂取すると肝臓の機能を弱めてしまう。あのシナモンの甘い匂い、その香りの元となる一つが、クマリンなんです」

ふわり、と。目の前に置かれたカップから、シナモンの甘い香りが立ち上がる。

「そんな危険なもの、お店で出していいんですか？」

「普通に香辛料としてシナモンを使用する場合、平均の摂取量が0.3gです。成人の一日の耐用摂取量が5gなので、なんの問題もありません。ただ、サプリメントやアロマオイルの場合、濃縮してありますから。その場合は大量摂取になるので、気をつけて使用しなければいけませんね」

「……土間さん。肝臓に持病があるって言ってましたよね？　そんな土間さんが、シナモンを毎日大量に摂取したら、どうなりますか……？」

答えは、もうわかっていた。

「確実な一押し、に繋がると思います」

「なんで？　お医者さんにはわからないんですか？」

「通常は、お酒の飲み過ぎが原因だと診断されるでしょうね」

「日鞠さんは……」

わかってた？

知ってて、お父さんにシナモンを与えてた？

「それが本当なら、日鞠さんは、お父さんに殺意を抱いていた……？」

縋《すが》るような思いで、別流瀬の横に立つ古井戸を花純は見上げた。花純と目を合わそうとしない古井戸の視線の先には、何が視えているのだろうか。

「…………」

「……古井戸くん！」

「……、……」

花純の声に、古井戸が重い口を開いた。

「……お父さんのことは愛している。だけど、それでも。……お父さん以上に、お母さんのことが大好きだったから。……絶対に許せなかったんだ」

古井戸は花純を見て、儚げな表情で笑った。

『母の手　父の手　子供の手
寂しいな　寂しいな
離して一歩　前に出る』

金魚さんの詩が、いとしげに。

花純の琴線をかき鳴らす。

「だから、せめて。……僕だけでも」

これが、真実かなんて。

実際は本人に聞くしか術はない。この会話も、所詮《しょせん》妄想にすぎない。

けれど、もし本当なら？

誰にも許してもらえない。自分自身さえも許せない日鞠が、あまりにも切なくて。

「僕だけでも、彼女の心に寄り添いたい」

「……古井戸くん……土間さんはまだ、生きてるんだよね？」

「生きてるよ。僕の視た日鞠さんは、自分のことが好きじゃないみたいで、お父さんのことが大好きなのに、憎んでしまう自分に苦しんでいる。許せずにいる。……許されないことをしていると思うけど、僕は、彼女のことがいとしげに思えて堪《たま》らないんだ」

消え入るように、古井戸は笑った。

花純にはその笑顔が、他人の秘密が視えてしまう孤独を抱え、泣いているように見えた。

コーヒーが冷めても、相変わらずシナモンの香りは芳しく香っている。

その仄かな香りを、扉の隙間《すきま》から吹いた一陣の風がさらってしまった。

「……ごめんなさい。私、忘れ物しちゃって」

走って戻ってきたのだろう。息を荒げた日鞠が、扉から入ってきた。

長く艶《つや》やかな黒髪は乱れ、前髪が汗ばんだ額に張り付いている。

「はい。日鞠さんの忘れ物、お預かりしていますよ」

花純から渡された封筒を、別流瀬が穏やかな微笑みのまま日鞠に渡した。

「ありがとうございます。ああもう、私ったら本当にうっかりしてました。ここのところ寝不足で、ミスばかりしちゃって……」

「それ、本当に寝不足だけが原因ですか？」

「薄荷くん？」

意を決した表情の古井戸が、日鞠の前に一歩出た。

「土間さんに……お父さんに対して抱えている感情が、日鞠さんの心を痛ませているんじゃないんですか？」

「え……なに？　薄荷くん、急にどうしたの？」

古井戸の瞳が、深い深い海のように暗くなる。

「お父さんのこと、殺したいほど嫌いですか？」

水底に響くような、古井戸のよく通る声が日鞠の動きを止めた。

「お父さんのことが大好きなのに、この世界からいなくなってほしい。でも、一緒にいたい。きっとどっちも思ってる。だけど、選んでしまった」

「……」

「そして、後悔するんだ。だって、今も視える。あなたは、お父さんのことをこんなにも愛している……」

「古井戸くん……！」

顔色が紙のように白くなった日鞠を庇《かば》うように、別流瀬が二人の間へ割って入る。けれど、古井戸は言葉を紡《つむ》ぐのをやめなかった。

「日鞠さん。今なら、間に合いますから、だから……！」

「古井戸くん、いい加減にしてください」

堰《せき》を切ったように溢れ出る言葉をとめられない古井戸を、別流瀬が片手で制した。

「……あなたに何がわかるの……」

日鞠の迫力に気圧《けお》され、古井戸が黙り込む。

「僕は……」

「封筒の中身、見たんでしょう？　だから、こんな……」

「違うよ……そうじゃないんだ……」

「想像でひどいこと言わないでよ！　……私の苦しみは誰にもわからない。わかるわけがない」

「…………」

「……お母さんがいなくなって、お父さんと二人で頑張っていこうとしてたのに。お父さんは恋人を作って……私を、一人きりにした。お父さんはお母さんがいちばん辛い時に一緒にいなかった……そして、また、お父さんはお母さんを裏切ろうとしている」

美しい顔を歪《ゆが》ませた日鞠の目から涙が溢れた。

「申し訳ありません、日鞠さん。古井戸くんは、あなたのことを思うあまり想像が先走ってしまったようです。大変失礼しました」

「あの……封筒のことなんですが、私が、うっかり床に落としてしまって……そしたら、散らばった書類の内容が目に入ってしまって……でも私以外の二人は見てませんから……」

泣きそうな顔で謝る花純に、日鞠も冷静になれたようだ。疲れたように、カウンター席に腰を下ろした。

「……私も、ごめんなさいね。声を荒げてしまって……お父さんのことになると、つい……」

「いえ。怒って当たり前のことを古井戸くんは言いました。店主として謝罪します」

深々と頭を下げる別流瀬に、ようやく日鞠もいつもの表情に戻る。

セーターの袖《そで》で涙を拭おうとした日鞠に、別流瀬が制服のポケットから白いハンカチを取り出し差し出した。

「お詫《わ》びに、コーヒーをお淹れしますので、そこで休んでいてください」

「…………」

涙と寝不足で赤く目を腫《は》れさせた日鞠は、今のやりとりで疲れたのか別流瀬の言葉に黙って頷いた。

なにか言いたげな古井戸は、下唇を噛《か》んで俯《うつむ》いてしまった。

花純もなにも言えないいまま、時だけが水のように流れていく。

「お待たせしました」

その流れを堰《せ》き止めるように、シナモンコーヒーの淹れたての香りが店の中に漂った。

「……シナモン、コーヒー」

「同じコーヒーはお嫌でしたか？」

「いえ……」

気まずそうに、日鞠は別流瀬から視線を逸らし、渋々、といった感じでコーヒーカップに口をつけた。

「そういえば、土間さんが最後にこの店を訪れた時、こんなことを言っていました」

「……え？」

「『あとどれだけ、娘と一緒にいられるだろう。あと何年、一緒に過ごせるだろう』」

「…………」

柱の時計が一瞬、止まったようだったのにふいに動き出した気がした。

「土間さんは六十過ぎですよね。そうすると、二十年もいられるんだろうか、言葉にすると短い。娘と過ごした月日の半分以下だ、と」

ぎゅっと握った日鞠の拳が小刻みに震えだした。

「なら、どうして……私のことをそんな風に思うなら、恋人なんか……」

「土間さんは、淋しかったんです。その場所を埋めるのは、家族じゃできないこともあります」

「私は、そんな存在がいなくても、お父さんさえいてくれたら平気です」

「日鞠さん。あなたは強いですね。でも、お父さんは弱い人なんです」

シナモンの芳しい香りが息苦しく感じるのか、日鞠が右手でカップを前に押しやった。

「……私がお父さんを許したら、お母さんが可哀相です。あの時、お父さんがいてくれたら、お母さんは助かったかもしれないのに……私、絶対に許せないです」

「いいんじゃないですか？　許さなくて」

重たくなった空気を別流瀬の風のような言葉がかき消した。

「え？」

「許さなくていいです。嫌いになっても憎みきれなくて、好きだと思ってしまうなら、そのままでいいと私は思います」

「………」

「無理に感情を決めつけることはないですよ。好きも嫌いも誰かが決めた感情の名称です。『いとしげに』って、金沢弁がありますよね？　好きと可哀相が一緒になった言葉なんですよ。一言で全てを表している。誰かが、そんな気持ちを『いとしげに』と名付けたんでしょうね」

穏やかな笑みを湛え、別流瀬が日鞠の前に新しいコーヒーを置いた。今度は、シナモンの香りがしない、金魚館特製のブレンドコーヒーだ。

「お父さんのことが、好きですか？」

「……わかりません」

「そうですか」

冷えきったシナモンコーヒーを下げようとした別流瀬の白い手に、日鞠の手が重なる。

「でも、父と……話をしてみようと思います。お母さんのことや彼女さんについても、深く話したことがありませんでしたから」

「…………」

「話すのが、怖くて。何かが壊れてしまいそうだったから……。だったらいっそ、全部なくなっちゃったほうが、いいかな、なんて」

二つ並んだコーヒーを眺めた日鞠は、意を決したように顔を上げた。

「別流瀬さんから、父の言葉を聞いて驚きました。そんなこと、私には一言も言わない人なんで」

「父親とは、そんなものなんですよ。子供には肝心なことが言えないみたいですね」

「私は、お父さんのこと何も知りません。親子なのに、おかしいですね」

「だからこそ、親子なんじゃないですか？　土間さんと日鞠さん、似ていますよ。思っていることを言えないところが特に」

「ふふ。別流瀬さん、お父さんみたい」

「おや。私はまだ父親になった覚えはありませんよ」

「……別流瀬さんなら、きっと素敵なお父さんになれると思います」

別流瀬の瞳をじっとみつめていた日鞠が急に立ち上がる。

「そろそろ行かなくちゃ。お父さん、きっと待ちくたびれてる」

「はい。行ってあげてください」

財布を取り出そうとした日鞠を制し、別流瀬が店の扉を自《みずか》らの手で開く。

「別流瀬さん」

「はい」

「父の言葉、ありがとうございます」

深々と頭を下げる日鞠の肩を、別流瀬が優しく撫でた。

「きっと、あなたへの言葉だったんだと思いますよ」

「……そうでしょうか」

「はい。あと、古井戸くんのことですが、彼なりに日鞠さんを心配してのことなんです。許してくださいとは言いませんが、悪意があったわけではないことだけお伝えしておきます」

「…………」

「では、またのお越しをお待ちしております」

別流瀬だけに見せた日鞠の最後の表情は、花純と古井戸にはわからなかった。


「日鞠さん、元気かなあ」

日鞠の一件から三カ月後。いつもの金魚館。見慣れた店内。

講義が終わった花純は、定位置になっているカウンターの隅《すみ》っこの席で、温かい紅茶を飲んでいた。

「……そうですね」

静かに呟かれた別流瀬の言葉に、長い溜め息のような返事を送った。

先日の古井戸との一件を思い出し、花純の表情が曇る。

「あれから、お見かけしていません」

別流瀬の言葉を聞いて、なんとなく出入り口へ視線を向ける。ドアベルがない金魚館の扉を日鞠が音を立てず去っていく光景が、花純には見えた気がした。

「別流瀬さんと古井戸くんは……その、日鞠さんを警察に通報する気ですか？」

「私と古井戸くんが日鞠さんを？　なぜです？」

「え、だって……シナモンのこと……」

「さあ。なんのことでしょう？」

別流瀬が優雅に小首を傾《かし》げた。

「花純さん。所詮、古井戸くんの推理ごっこですよ。彼の夢物語を花純さんは信じたんですか？」

「え……」

「だとしたら、怖いですね」

何事もなかったかのように、別流瀬が笑う。

だからそれ以上、何も言えなくなる。

花純の疑問が、芳しい紅茶の香りにかき消された。

あれが、作り話とは思えない。けれど、真実かどうかもわからない。

それは真実にとても近い、心の在処《ありか》。

「すみません！　遅れました！」

奥のほうから、聞き慣れた声がする。

「ああ。古井戸くんが来ましたよ。五分遅刻ですね」

バタバタと古井戸が支度をする音がカウンターの裏から聞こえた。

「本当にもう。古井戸くんったら、いつまで遅刻し続ける気？　別流瀬さん、こんなのがバイトで本当にいいんですか？」

「そうですね。そろそろ考えを改めましょうか」

ふむ。と、別流瀬が顎《あご》に手をかけ頷いた時、春風とともに店の扉が開いた。

「……久しぶり」

「いらっしゃいませ。……土間さん、お久しぶりです」

「……花純さんも、久しぶりだね……」

「……はい。お久しぶり、です……」

「随分、お痩《や》せになりましたね」

「ははは。そうかい？　これでも、元気になったほうなんだけどなあ」

「どうぞ、こちらへ」

別流瀬が右から二番目のカウンター席を勧めた。

「今日はね、一人じゃないんだ。……実は、娘と一緒でさ。今、駐車場に車を停《と》めに行ってて……元気になったら、ここに二人で来ようと約束してたんだ」

「そうですか」

「シナモンコーヒーが、飲みたいな」

「では、シナモンコーヒーをお二つですね」

「お願いするよ」

花純は泣きそうになるのを、紅茶を飲むことでどうにか抑えた。それでも、嗚咽《おえつ》はとめられても涙はとまらなかった。ぽたんと、ひと雫《しずく》。涙の粒が紅茶に落ち、水面に小さな波紋を描いた。

「お父さん、ここにいるの？　もう、先に行かないでよね」

慌ただしい様子で、扉から聞き慣れた声が飛び込んできた。

「古井戸くん、古井戸くん。お待ちかねのお客様がいらっしゃいましたよ」

「古井戸くん、早く来て！　もう、どうしてこんな時に遅刻なんかするのよ」

「え？　何事？　ちょっと待ってよ。急いだらエプロンがからまっちゃって……」

ようやく奥から顔を出した古井戸は、カウンター席の二人の客の姿を見て、驚きから泣き出しそうな笑顔へと表情を変えた。

「……いらっしゃい、ませ」

「なによ。薄荷くん。そんないい笑顔して。やればできるんじゃない」

つられて、土間と日鞠が笑い合った。


今日も、変わらず金魚館は営業をしている。

年中無休。

夢物語を聞きたいなら、いつでもどうぞ。

ご来店を心よりお待ちしております。

Hakka Fluide

二話

少女とブルーマウンテン

世界なんて滅ばない。

自分が生きていたって死んだって、日常は変わらず流れていく。

四時過ぎ、一人しか客がいない店内で古井戸薄荷《ふるいどはっか》は大きく溜め息をついた。

「聞いてますか？　古井戸くん」

「はあ」

業務用の銀色の大型冷蔵庫の扉を開け、呆《あき》れ顔で古井戸を見つめているのは店主の別流《べる》瀬隆治《せたかはる》だ。黒い制服は、別流瀬のしゃんと伸ばされた背筋や、穏やかだが隙《すき》のない物腰から軍服を想起させた。

ここは古都金沢《かなざわ》、武蔵《むさし》ケ辻《がつじ》の交差点から徒歩三分の近江町市場《おうみちょういちば》。その隣の十間町《じっけんまち》に店を構える金魚館《きんぎょかん》は、ブレンド珈琲《コーヒー》が密《ひそ》かな人気のカフェである。

「上段のレモンカードはタルトに使用します。生クリームは常時泡立ててお出ししてくださいね。ショートケーキやチョコレートケーキなどの定番ケーキは業者さんから届く手筈《てはず》になっていますので、届き次第必ず下段のボックスに収めておくように。あ、今月の棚卸《たなおろ》しは結構ですよ」

「はあ」

「新幹線開通のおかげで、観光客の皆さんによるご新規さんが増えています。接客にはいつも以上に気をつけてくださいね。常連さんには私が不在な件はお伝えしてありますので大丈夫です。メニュー表は臨時のものを用意しました。ブレンド以外の種類は記していないので安心してください」

「はあ……」

「ただし、紅茶は別です。君、紅茶を淹《い》れる才能はあるので、いくつか種類を取り寄せました。コーヒーがブレンドのみしかお出しできない分、紅茶で挽回《ばんかい》してくださいね」

「……はあ」

「ちょっと！　古井戸くん!?」

やる気が見えない古井戸の態度に業を煮やし声を荒らげたのは、別流瀬ではない。甲高《かんだか》い声の主は、カフェ金魚館の常連でもある東野《ひがしの》花純《かすみ》だった。

花純がカウンターから身を乗り出し、古井戸を睨みつける。

「別流瀬さんが丁寧に教えてくれてるのに、その態度はないんじゃない？　メモ取りなさいよメモ！　別流瀬さんが言ったこと、ちゃんと頭に入ってるの？　そんなんじゃ一人でお店回す時、大変なことになるよ」

怒り顔の花純とは対照的に、一方の古井戸は泣き顔である。

「花純ちゃん……僕のこと心配してくれてるの？」

「どちらかと言うと、別流瀬さん不在の金魚館を心配してる」

「べ、別流瀬さんがいなくったって、一週間くらい僕がなんとかしてみせるよ！」

「へえ。じゃあ冷蔵庫の上段には何が仕舞われてるか言ってみてよ」

「……おもち」

「…………」

傍《そば》にあった革表紙のメニュー表を引っ摑《つか》んだ花純は、今にもそれで古井戸に制裁を与えんばかりの勢いだ。幸いなことに、二人を隔てているカウンターがどうにか阻止しているので荒事には発展しなかった。

「古井戸くんはここのバイトでしょ？　お金もらってるんでしょ？　金銭が一円でも発生している限りはきっちり働きなさいよ！」

「だって僕は所詮《しょせん》バイトだし……」

「一応、私としては社員候補にと古井戸くんのことを考えてはいるんですけどね」

「やめたほうがいいですよ。こんなの」

「ひどい」

このままではメニュー表を古井戸に投げつけかねないと判断したのか、別流瀬が品のいい微笑を浮かべ花純の手からさっと奪い取った。

やり場のなくなった右腕を空に彷徨《さまよ》わせた花純は、苛々《いらいら》した様子でシナモンスティックを摘《つま》み珈琲を乱暴にかき回す。逆巻く海のような花純の心情を表すがごとく、カップ内に小さな渦ができあがる。それを、さっきの出来事なんてなかったかのように古井戸がニコニコと覗《のぞ》き込んできた。

「知ってる？　渦って月の引力が原因で発生するんだって」

「知らない」

その渦すら古井戸に見せたくないと言わんばかりに、花純はカップの中の珈琲を一気に飲み干した。小さな海は、今や花純の胃の中だ。

「どうして花純ちゃんはそんなに不機嫌なの？」

「どうして古井戸くんは別流瀬さんに雇われてる身なのに、ちゃんと働かないの？」

「……むう」

「妬《や》いてるんですよ」

ことり、と別流瀬が花純の前に青い小花をあしらったミントンのケーキ皿を置いた。皿の上に載せられた焼き菓子は本日のサービスで、レモンカードたっぷりのタルトだ。淡い檸檬《レモン》色のクリームはふるふると震え、レースのようにあしらわれたメレンゲは少しだけ焦げ目がついている。

「わあ、美味《おい》しそう。このタルトも別流瀬さんのお手製ですか？」

「はい。よろしかったらどうぞ、お召し上がりください」

「ありがとうございます。いただきます」

別流瀬に勧められるままに花純がレモンタルトを一口頬張《ほおば》る。クッキー生地でできたさくさくのタルトのバターの風味、レモンカードの爽《さわ》やかな酸味と上品な甘さで花純の口内が幸せでいっぱいになる。

店に来てずっと不機嫌だった花純が、ようやく笑顔になった。

「別流瀬さん……すごくすごく、すっごく美味しいです」

「お口に合ってよかったです」

花純が使用している水色のジャスパーウェアのカップは、白いニットワンピースを着た彼女にとてもよく映えていた。もちろん、カップをセレクトしたのは別流瀬だ。

金魚館には様々なカップがコレクションされている。特に指定がなければ、店主の別流瀬が直感でそのお客の雰囲気にあったものを用意する。

いつも同じカップを使用する花純だったが、時々こうして別流瀬が違うカップを出し、それぞれの陶器の違いを楽しんでもらっている。

流れるような所作で、別流瀬が空になった花純のカップに珈琲を注ぎ足す。相手に気を遣わせることなく、さっと動くことができる接客はなかなか真似《まね》できるものではない。

「あの……」

「なに？　古井戸くん」

先程の怒りはどこへやら、上機嫌でレモンタルトを味わっている花純に古井戸がおずおずと声をかける。

「妬いてるって話なんだけど」

「なにが？」

指先でハンドルを持ち熱々の珈琲を飲みながら、花純が上目遣いで古井戸を睨《ね》めつける。

「ほら、別流瀬さんがさっき言ってたじゃない」

「はい。言いましたね。古井戸くんが妬いている、と」

「僕、妬いてなんかないですよー」

「……棒読みですね」

古井戸がわざとらしい大袈裟《おおげさ》な動作で、掌《てのひら》を顔の前でぶんぶんと振る。

「あはは。別流瀬さんと花純ちゃんが、一緒の新幹線で、しかも隣同士の席を予約して、東京に行くなんてことに、妬いてなんか、ないですよー。あははは……はあ……」

スタッカート気味に言葉の要所要所を区切る古井戸の口調に、花純は小首を傾《かし》げる一方、別流瀬はなるほどと納得する。

「なんで？　別流瀬さんと私が一緒だったらいけないの？」

「いけないって、そういうのじゃなくて……」

「別流瀬さんは出張先が東京。私も、冬休みだし里帰りで東京の実家に帰省。たまたま日程が同じだし。せっかくだから一緒に行きましょうってだけのことなんだけど？」

「はい。花純さんがおっしゃるように、私も特に他意はありませんよ」

「なら僕も行く！　一緒に東京行きたい！」

「古井戸くんがいなくなったら、この店はどうなるのよ」

「……臨時休業？」

「うちの店は年中無休が売りです。その考え、やめてくれませんか？」

別流瀬の声がワントーン低くなる。顔は微笑《ほほえ》んだままだが、目が笑ってはいない。なまじ顔が美しいだけに、切れ長の瞳に猛禽《もうきん》類のような凄《すご》みがある。

「仕方がありません。他にもバイトを募集しましょうかね」

「えっ！　別流瀬さん、それってクビってことですか？」

「さあ、どうでしょう？」

「むしろ今までクビにならなかったほうが奇跡的だと思うなあ、私は」

呆れ顔の花純はレモンタルトの最後のひとかけを口に放り込んだ。

「まあまあ。古井戸くんにはちゃんとお土産を買ってきますから、いい子にしててくださいね。なにかリクエストはありますか？」

「おもち……？」

「別流瀬さん。そろそろ、この人殴ってもいいですか？」

「犯罪に抵触しない程度になら是非どうぞ」

「やめてくださいよ二人とも！　それ傷害教唆《きょうさ》ですからね」

身の危険を感じた古井戸が、さっと冷蔵庫の陰《かげ》に隠れる。背の高い彼の痩軀《そうく》を、銀色の大型冷蔵庫は頼もしく隠してくれた。

「とにかく。私は別流瀬さんと東京に行くから。古井戸くんは別流瀬さん不在の間、しっかり金魚館の留守を預かる。いいわね？」

「……うう」

お代わりを注ぎ足そうとする別流瀬をやんわりと断り、花純は帰り支度を始める。カウンターに出しっ放しだった携帯やタブレットを鞄に入れている最中、ふと花純は顔を上げた。

「そういえば、別流瀬さん。東京に出張ってなんの用ですか？　カフェで出張ってなんだろう……珈琲豆の仕入れとかですか？」

「おや。言いませんでしたっけ。私は金魚館の他にもいくつかの店舗や不動産オーナーも兼任してるので、そちらの件です。もちろん、仕入れに行く時もありますよ」

「えっ。知りませんよ。初耳です。それってすごく忙しいんじゃないんですか？　別流瀬さん、いつもお店にいるような気がするんですけど」

「大丈夫ですよ。不動産や他店舗は信頼できる人間に任せていますし、雑務などはお客様がいない時に店の奥でこなしています」

「そうだったんですか。別流瀬さんってすごい方だったんですね」

親しみを感じていた別流瀬の思いもよらなかった一面を知り、なんだか遠い存在のように思え、複雑な表情をする花純に、別流瀬が優しく笑いかける。

「とはいえ、それら不動産の大半は親から受け継いだものですし、私の本業はこの店の主《あるじ》だと思っていますよ。ですが、今回の出張はそれら系列の総会や商談ですので、顔を出さないわけにはいかないのです」

別流瀬の視線が、花純から冷蔵庫の陰に隠れ息を潜めている古井戸へと移動する。

「しかし、今後の出張でも古井戸くんにこんな風にまたごねられたら流石《さすが》に私も困ってしまいますね……やはり、他にもバイトを雇うべきでしょうか。私としては古井戸くんのことをとても気に入ってはいるんですけど……」

「や、やめてくださいよ！　留守番くらいきっちり務めてみせますから」

「ならよかったです。私が留守の間、金魚館のことをお願いしますね。困ったことがあればいつでも携帯に連絡をください」

してやったりと優美に笑う別流瀬に、古井戸は返す言葉もない。

「ごちそうさまでした」

木製のカウンターチェアから立ち上がった花純は、声をかけてもらいたそうにしている古井戸をわざと見ないようにして会計を済ませる。

「では、明日は八時四十二分のかがやきでよろしかったですね」

「はい。あ、チケットって私持ってないんですけど、どうすればいいですか？」

「ネットで事前に予約してあるので大丈夫ですよ。当日、駅で受け取ることができます。そうそう。待ち合わせはどこにしましょうか？」

「東口のやかんのオブジェ前なんてどうでしょう？」

「ああ。『やかん体、転倒する。』の前ですね。わかりやすくていいと思います」

「……やかんなんて全然ロマンチックじゃない」

レジ前で明日の予定を立てている二人の背後に、古井戸が独り言を呟《つぶや》きながら幽鬼のごとく、すすすと歩み寄ってきた。

「……僕だったら東口正面の鼓門《つづみもん》前にするのにな……」

「鼓門は範囲が広すぎるじゃない。やかんだったらわかりやすいでしょ」

「でも、やかんはないよ！」

「わかってないなあ古井戸くんは。あの倒れて地面にめり込んでるやかんの感じが可愛《かわい》いんじゃない」

「あのオブジェ、ユニークなモニュメントですよね」

「というか古井戸くん。なんで待ち合わせ場所にロマンチックを求めているの？」

「そ、それは……」

「そういうのはご自分のデートの時にお願いしますね。古井戸くん」

「えっ」

別流瀬の言葉に動揺する古井戸を尻目に、花純が出入り口のドアノブに手をかけた。

「それじゃ、別流瀬さん。ごちそうさまでした。明日はよろしくお願いします」

「はい。ありがとうございました。こちらこそよろしくお願いしますね」

バッグを担ぎ直した花純はくるりと振り返ると、今度は真っ直《まっす》ぐに古井戸に視線を向けた。

「古井戸くんは、ちゃんと仕事を覚えなさいよ。明日から誰も助けてくれないんだからね」

「花純ちゃん……」

古井戸に釘をさした花純は、バタンとドアを閉め今度こそ店から出て行った。

名残惜しげに花純が去ったドアを眺める古井戸の後ろで、珍しく別流瀬が腕組みをし威圧的に立っている。表情は、もちろん笑顔のままだ。

「古井戸くん。まだまだお伝えすることがたくさんありますので、留守の間の業務内容を完璧に覚えてくださいね。場合によっては定時に帰れないかもしれませんが」

「それって残業ですか？」

「安心してください。残業代は出ますから」

「……あはは。僕、全部覚えましたから大丈夫です！」

「……台帳記入にＰＣでの一日の収支管理、売り上げを収納する金庫のパスワード、閉店後のセキュリティーシステム、まだまだありますよ。できますか？」

「無理です」

「帰ったら花純ちゃんとのデートの件、お膳立てしてあげますから」

「できます！」

「……君。やる気がないだけで、実は物覚えいいですよね」

さっきとは打って変わり、てきぱきと仕事を覚えていく古井戸を見て、この姿を花純に見せれば叶わなそうな恋にもチャンスはあるのではないかと、別流瀬は密かに思った。

本人に教える気は毛頭ないが。


「古井戸くん、ちゃんと一人でお店回せてますかねえ」

金沢駅の十一番線ホームは、平日とはいえ賑《にぎ》わいを見せていた。

雑踏の中聴こえてくる新幹線の発車メロディは、琴のように軽やかで懐かしい音色だがシンセティックで、過去と未来の狭間《はざま》にある古都金沢を表現していた。金沢駅にだけ響くその発車音は、旅に出るという気持ちをより強くさせ、花純を切ない気持ちにさせた。ずっと聴いていたくなる心地よい音色だ。夏休み以来会っていない家族に、花純は早く会いたいと思った。

「彼なら大丈夫ですよ」

「本当ですか？」

「なにかあれば連絡があるでしょう」

「それじゃ、遅い気がするような……」

「花純ちゃんが思うより、古井戸くんはしっかりしていますよ」

「……そうは見えないんですけど」

「一度、古井戸くんに金沢観光を頼んでみてはいかがですか？　地元民ならではの場所を案内してくれると思いますよ」

「うーん。考えておきます」

車内清掃のため、未《いま》だ開かないかがやきの車体を花純がじっと見つめる。

「新幹線の青色、綺麗《きれい》ですよね」

「そうですね。北陸沿線の空の青さを表現しているそうですよ」

別流瀬はそう言うが、今日の北陸の空は生憎《あいにく》の曇りだ。

金沢は日本で一番雨の日が多い街でもある。関東出身の花純にとって、金沢の空はいつも曇天《どんてん》で鈍《にび》色のイメージがある。

だから、たまに青空になると自然に笑顔になってしまうほど嬉《うれ》しくなるのだ。

そんな晴天への喜びを、新幹線のカラーリングに込めたのだろうか。

「今回は普通車ですが、グリーン車も素敵ですよ」

「あ。テレビで見たことあります。確か格子模様なんですよね」

「そうです。前田《まえだ》家の奥方の隠居所、成巽閣《せいそんかく》の群青《ぐんじょう》の間をモチーフにしているんですけどね。うちの青壁、覚えてますか？」

「金魚館の青色の壁ですよね。青金石《ラピスラズリ》の」

「実は、同じなんです」

「え！」

まさかの別流瀬の発言に、花純の動きが止まる。

「先々代が群青の間を真似て特別に拵《こしら》えたんです」

「というか、前から思ってたんですけど金魚館の建物っていつの時代からあるんですか？内装は近代化されてますけど、けっこう古いですよね」

「文政《ぶんせい》……よりは古くないと思いますよ」

「めちゃくちゃ古いじゃないですか……」

「ふふ。商家だった古民家を私が喫茶店に改装してしまいました」

プライベートな時間のせいか、別流瀬の笑みはいつもより柔らかい。

見慣れている別流瀬の笑顔なのに、よそいきではない表情をされるとなんだか花純まで気恥ずかしくなってしまう。

大人なのに少年みたいな笑顔をするのはずるいと、花純は思った。

「別流瀬さん」

「はい」

「今度、グリーン車に乗りましょうね」

清掃終了のアナウンスとともに新幹線のドアが開く。少し頬を赤くした花純が、別流瀬よりも先に車内へと入っていった。

「……対応を間違えましたかね」

心の中で古井戸に詫《わ》びつつ、別流瀬も花純の後を追い車内へと乗り込んだ。


「へくしゅ！」

カウンターの真ん中で、古井戸が盛大なくしゃみをする。只今《ただいま》、彼は一人で金魚館の全ての管理営業を任されている。

「あら？　古井戸くん、風邪？」

「失礼しました。風邪ではないと思います」

「お前なんや、ものいんか？　最近寒なったやろ。気いつけまっし。もうちょっと経《た》ったら大雪になるかもしれんって天気予報で言うとったし、あったかくしとかなかんよ」

ものい、とは金沢弁で体の調子が悪いことを意味する言葉だ。方言で心配されると、なんだかより人の温かみを感じてしまう。

「はい。ありがとうございます。大丈夫ですよ」

カウンター席は常連さん達が揃《そろ》い踏みで、それが逆に古井戸を安心させた。

最初は古井戸一人ということで緊張したが、親しい顔ぶれが見え始めると徐々にいつも通りの接客をすることができた。

ぽつりぽつりと常連が帰る中、二人のお客だけが残った。

今まで、別流瀬不在の時がなかったわけではないが、一週間以上も店を空けるのは初めてのことだった。

『父さん母さんいつ帰る
晩のお空が明ける頃
きっときっと帰ります』

「別流瀬さん、いつ帰ってくるんだ……」

柱に貼られた金魚の詩を見ながら、古井戸がひとりごちた。

「古井戸くんが淹れてくれた紅茶、美味《うま》いんなあ。紅茶ってこんに美味いもんやったかんなあ?」

「ほんと美味しいわよねえ。薄荷くん、これレモン入りよね? 他に何か入ってる? 家でも飲みたいわ。レシピ教えてくれない?」

常連の木谷《きたに》と久保《くぼ》が古井戸の淹れた紅茶をそれぞれ褒めてくれる。

木谷厚志《あつし》は今年六十の還暦《かんれき》で、白山《はくさん》市で建設業を営んでいた。久保若子《わかこ》は近所に住む専業主婦で、埼玉から金沢へ嫁いできたそうだ。二人の息子達はもう立派に社会人として都会に出て働いていると聞く。そのせいか、子供と歳が近い古井戸を息子のようだと可愛がってくれていた。

「ええと、お二人にお出ししたのは僕のオリジナルブレンドティーなんですが、本日のお菓子のレモンタルトに合わせて、柑橘《かんきつ》系のレモンミルクティーにしてみました」

「どうりで、レモンの香りがすると思った。でもレモンにミルクティーって普通、無理じゃない? 前に試したことがあるんだけど、レモンを入れると分離しちゃってミルクがボロボロの滓《かす》みたいになったわよ」

「あ。それ、レモンに含まれるクエン酸のせいです。クエン酸にはタンパク質を凝固させる作用がありますから。なので、この紅茶はレモンピールを使用して作りました。レモンの皮ならクエン酸の含有量は少ないですし、香りの元となる成分のリモネンも皮のほうが多いのでこちらのほうがより香りを楽しむことができるんですよ」

「はああ、なるほどねえ」

レモンティーを飲みながら、久保が感心して背の高い古井戸を見上げた。

「それで、作り方は？」

「はい。まず、カップの縁にレモンの皮であらかじめ香り付けをします。温めたポットにレモンの皮の絞り汁を入れて、熱い紅茶を半分ほど注いでください。ミルクパンなどで温めたホットミルクをポットに注いで完成です」

「ふんふん。でも、あなた他のものも入れてないかしら？　なんだか、レモン以外の香りもするようだけど」

「あ。流石久保さんですね。気がつかれました？」

悪戯《いたずら》をした子供のような表情で、古井戸がレモンティーの種明かしをする。

「久保さん、最近ご多忙の様子だったので、疲れやストレスに効くローズマリーをほんの少しミルクで煮出してみたんです。で、頭痛にお悩みの木谷さんには緊張をほぐしてくれるリンデンを使用しました」

「おっ。俺が頭痛持ちやって、よう知っとったんなあ」

「僕も同じ頭痛持ちですから。頭痛は辛《つら》いですよね」

「薄荷くんって、案外きめ細やかな性格をしているのねえ」

「あはは。店主の別流瀬さんがいない分、僕がしっかりしないと」

「ほんとはいつもの珈琲が飲めんって、まんでがっかりしっとたんげんてねえ。でも、ほんなん聞いたら紅茶もいいもんやんね」

「そう言っていただけると有り難いです」

「これでお前が珈琲も、うんまいがに淹れられたらいいがんになあ」

「ちょっと。木谷さん。言い過ぎよ」

「すまんすまん」

どっと笑いが起こり、店内が温かい空気に包まれる。

「ありゃ、もうこんな時間や。そろそろ仕事に戻るわ」

「私も。夕飯の買い出しに行かなきゃ」

「そういや、これお前にあげようと思とったんや」

宗方《むなかた》水産と書かれた白いビニール袋を取り出した木谷は、強引に古井戸へ押しつけた。袋の中身を興味深げに久保が覗き込む。

「あら、ホタルイカ？　酢みそで食べると美味しいのよね。うちも今晩同じにしようかしら」

「僕、ホタルイカ大好きなんですよ。もらっちゃっていいんですか？」

「なんなん。そんな遠慮せんともろときまっし。さっき近江町市場で買うてきてんて。たくさん買うたし気にしんでいいよ。ま、古井戸くんもこれ食べて頑張るまっし。一週間別流瀬さんおらんげんろ？」

「……はい」

木谷からホタルイカを受け取って、嬉しそうに笑う古井戸は、自分がどんなによい表情をしているかを知らない。

そんな古井戸の姿を微笑ましく見つめていた久保と木谷も、時が止まったようなこの店から、再び慌ただしい現世へと戻らねばならない。

二人揃って店から出て行こうとした時だった。開け放たれたドアの隙間から少女が入り込んできた。

「あら、小さなお客さん」

久保の声とドアが閉まるのが、ほぼ同時だった。

古井戸の前に、あどけない少女がちょこんと立っていた。

「えっと。……いらっしゃいませ、なのかな？」

「…………」

年の頃は小学校低学年ほどだろうか。

質の良いチャコールのプリンセスコートは、可愛くてどこか上品な少女にとてもよく似合っていた。編み上げのショートブーツは本革だろう。鈍い光沢が合皮ではないことを証明している。コートの裾《すそ》から覗く厚手のプリーツスカートは赤と緑のタータンチェックだ。

子供にしては、身なりが良すぎる。

よそいきなのか、はたまたどこかのお嬢様なのか。古井戸には判断がつかない。

意志の強さを感じさせる黒目がちな瞳と、背中まである艶《つや》やかな長い髪は真っ直ぐでさらさらしていた。

小学生の頃クラスにこんな女の子がいたら、きっと恋をしてしまうだろう。

そんな印象の、魅力的な少女だった。

「…………」

じっと古井戸を見上げる少女は黙ったままだ。

その態度に、本来人間嫌いな古井戸の臆病な部分がむくむくと頭をもたげる。

可愛いものは好きだが、度が過ぎると急に苦手意識を抱いてしまう。

その点、花純はこの少女とは違って庶民的というか気安いというか、古井戸には気楽に感じる。決して、花純が可愛くないと言っているわけではないのだが。

「あの……」

「…………」

「君一人だけなのかな？　お父さんやお母さんも一緒なの？」

「…………」

「えっと……」

「…………」

「……あはは……」

「…………」

精一杯の愛想笑いを浮かべても、少女は反応しない。

店内をじっと見つめていたかと思えば、古井戸の脇を通り抜け店の奥へと走り出してしまった。

「え、ちょっと」

「……この席がいいわ」

「へ？」

「私、この席にする」

「は、はい……？」

「ブルーマウンテンをお願い」

状況についていけてない古井戸を無視し、少女は物怖《ものお》じせずに注文をする。

「え？」

「聞こえなかったの？　ブルーマウンテンを一つお願いするわ」

「は、え。……あの！　その、ブルーマウンテンは、ちょっと……無理というか。今メニュー表をお持ちしますので……」

「メニュー表なんていらないわ。私はブルーマウンテンだけが飲みたいの」

「けど……コーヒーはブレンドしか……」

「だって、そこに書いてあるじゃない」

カウンターの後ろの棚にズラリと並ぶ硝子瓶《ガラスびん》の中の一つに、別流瀬の達筆な文字で「ブルーマウンテン」と書かれた白いラベルが貼《は》られていた。

「ええと。お恥ずかしい話なんですが、僕は珈琲を淹れるのが上手《うま》くないんです……ブレンドなら、なんとかお出しできるくらいのものは用意できるんですけど……」

「ブルーマウンテン」

「いやその」

「私、ブルーマウンテンが飲みたいの」

（よりにもよって、なんでブルマンみたいな高価な珈琲を選ぶんだ、この子は……）

思ったことが顔に出てしまったのだろう、少女がふんと鼻を鳴らした。

「私はブルーマウンテン以外飲まないの。私のパパだってそう。ブルーマウンテン以外飲まないわ。他のは嫌よ。酸《す》っぱかったり苦かったりして好きじゃないんだもの」

「あー……じゃあ、今日は紅茶にしてみては……」

「私の話、聞いてた？　珈琲が飲みたいの。それも、ブルーマウンテンをね」

「……はい」

有無を言わせない少女の態度に、古井戸は頷くことしかできなかった。渋々カウンター内へ戻る。

別流瀬が不在の間、乗り切れると思っていた己の甘さを痛感する。

店の奥からコーヒーミルを引っ張り出し、別流瀬から教えてもらったアドバイスを反芻《はんすう》する。

『いいですか、古井戸くん。珈琲豆は焼いて一週間以内のものを淹れる直前に挽《ひ》くのがコツです。浅煎《い》り、深煎りは好みによりますね。うちは一週間分くらいの量を仕入れて、一週間で使い切ります。手引きもいいんですけど、やはりミルの良さで左右されるのであなたなら機械任せでも構いませんよ』

頭では覚えているのだが、いざやるとなると別だ。

（……別流瀬さん助けて）

別流瀬に助けを求めても、彼は東京だ。とりあえず無我夢中で挽き終わった豆をドリップし、少女好みの苺《いちご》柄のカップに注ぐ。

「お待たせしました」

「…………」

再び無言になった少女は、じっと古井戸の手元にあるカップに視線を向ける。

少女に凝視され、緊張のあまりテーブルにカップを置く時ガチャンと無粋な音を立ててしまった。

「し、失礼しました」

「……いただきます」

きちんとした躾《しつけ》を受けているのか、いただきますの挨拶《あいさつ》をする少女に古井戸は感心した。紅葉《もみじ》のような小さい手をそっと合わせてから、少女はカップに口をつける。

「不味《まず》い」

「な」

「本当にブルーマウンテン？　美味しくないわ」

「ええ」

「ごめんなさい。でも、不味いものは不味いもの。けど、お金はちゃんと払うから安心してね」

古井戸自身も自覚はしていたが、こうも直接「不味い」と他人から言われた経験はあまりない。あえて古井戸にはっきり言う人物を列挙するなら、別流瀬と花純くらいだ。

「なら、せめてデザートを食べていきませんか？　サービスするので」

「うーん。今日はいいわ。またね」

ひどいことを言った自覚があるのか、少女が悪戯っぽく笑う。

その愛らしい笑顔に、さっきまでの動揺と焦りが古井戸の内から霧散した。

「あ、そうそう。お会計だけど、私今日は六斗《ろくと》のおばあちゃんの所にお母さんと遊びに来たから大きなお金を持ってないの。尻垂坂《しりたれざか》を上ってきたから喉が渇いちゃって。つけにしといてくれない？」

「え？　六斗？　尻垂坂って、……どこ？」

「やだ。知らないの？」

少女の態度と物言いに、次第にお客様相手だという自覚が古井戸から抜けていく。

「まあいいわ。ひがし茶屋街の瑠璃波《るりなみ》でつけといてね」

「ちょ、ちょっと待って！」

「私、怪しい者じゃないわ。大丈夫よ。ここの店主さんに言えばわかるから」

「……別流瀬さんに？」

「そう。私は永瀬一花《ながせいちか》。ひがしの瑠璃波の一花ってお伝えしておいてね」

「一花ちゃん……」

名前を呼ばれ、少女が白い花がほころぶように笑った。

「お兄ちゃんは？　お兄ちゃんのお名前、教えて？」

「僕は、古井戸薄荷だよ」

「薄荷って、薄荷？　あのドロップの白くて辛いやつ？」

「そうだよ。よく知ってるね」

「私、あの白いの嫌い」

「そ、そう」

自分自身を全否定されたような気がして、古井戸はがっくりと肩を落とした。

「でも、カッコイイわ」

「え？」

「あのドロップ。白くて水晶みたいに綺麗だから、つい食べてしまうのよね。でも、すうすうして辛いからすぐに後悔しちゃうの。パパは美味しいって私の代わりに食べてくれるけれど、それがとっても悔しいわ。ねえ、大人になって美味しく感じたら、きっとそれはとてもカッコイイことだと思うの。だから、今は嫌いでも大人になったら必ず好きになるわ」

「一花ちゃん……」

「薄荷って名前、素敵ね」

今初めて気がついた。

一花は思い切り笑うと、白い八重歯が覗くのだ。

それが飛び切り可愛らしく、古井戸はやっと彼女を見た目通りの子供だと認識することができた。

「またね。お兄ちゃん」

「あ。うん……また」

コートを翻《ひるがえ》し、たたたとドアから出て行ってしまった一花を、夢の続きのように古井戸はぼんやりと見送った。

強気で可憐《かれん》で、愛らしい。

まるで春に降る雪のような少女だ。

「あ。……ありがとうございました、言うのを忘れてた」

慌てて出入り口に戻るも、一花の姿はもはやない。

時刻は四時半過ぎ。

そろそろ途絶えた客足も戻ってくる頃だろう。

「あの子、つけといてって言ったけど、本当に大丈夫なのかなあ」

常連さんの中にはつけで払う方もいらっしゃるけれど、それは余程信頼のおける人物に限られる。

念には念のため、店の固定電話から別流瀬の携帯番号に電話をかける。

未だに黒電話なのは、レトロを愛する別流瀬の拘《こだわ》りだ。彼は古井戸が呆れるほど、物を大切にする男だ。

無機質な呼び出し音が鳴る。数コールのあと、別流瀬の鼻にかかった低い声が受話器から聞こえた。

『もしもし』

「あ！　別流瀬さん。今いいですか？」

『どうぞ』

外にいるのかクラクションと大勢の人間のざわめきが聞こえた。機械を通した雑踏の音は海鳴りのように古井戸の耳に響く。

「すみません。瑠璃波ってお店をご存じですか？　ひがし茶屋街にあるらしいんですけど」

『……瑠璃波、ですか。古井戸くん、その店の名前は誰から聞きました？』

「ええと一花ちゃんって女の子です。確か、永瀬一花ちゃんって名前で」

『一花……』

「その子、小学生くらいなんですけど、親も連れずに一人で店に来たんですよ。で、お代はつけにしてくれって言われたんです。小学生くらいの女の子がつけですよ？　やっぱりちょっとおかしいですよねえ。でも、なんて言うか、普通の女の子にしては気品があるっていうか、僕、なんだかあの子の勢いに気圧《けお》されてしまってつけにしちゃったんですけど……ごめんなさい。あの子の飲食代、僕のバイト代から引いておいてもらえますか？」

『わかりました。つけで結構です』

「え？」

『瑠璃波の一花さんですね。存じています。もしまたお見えになるようでしたら、お代はつけで結構ですよ。小さいお嬢さんとはいえ、大切なお客様なので失礼のないようにお願いしますね』

「は、はあ……」

『他に、なにか困ったことはありませんか？』

「あります！　その子、ブルーマウンテンが好きらしくて、無理だって言うのに僕に淹れろって強要してくるんです。ブルーマウンテンってどうやったら美味しく淹れられるんですか？」

『……努力、ですかね？』

「え」

『それじゃ、お店のことよろしくお願いしますね』

「別流瀬さ……」

ツーツーと、無情な不通音が受話器から流れる。

一花のことも謎だが、努力しろとはどういうことだろうか。店にあるブルーマウンテンの豆を使って勝手に練習しろという意味なのか。

お店で一杯千二百円。仕入れ価格百グラム千円以上する豆を練習用に使用するなど、いくら空気が読めないことに定評がある古井戸ですら実行しようとは思えなかった。

古井戸だって努力しなかったわけではない。これまでだって、別流瀬に指導を受けドリップの練習をしてきたつもりだ。けれど、何度やっても上手くならないのだ。これはもう、努力云々《うんぬん》よりも才能の有無が味を左右するのではないのか。

「せめて、賞味期限切れの豆で練習しようかなあ。でも、風味も香りも違うし練習にならないよね」

そう古井戸が一人ごちている間に、次のお客がドアを開けた。


「こんにちは」

砂糖菓子の欠片《かけら》のような粗目雪《ざらめゆき》が降る火曜日の正午過ぎ。

昨日の少女、一花が店にやってきた。

「あ……いらっしゃいませ」

まさか昨日の今日で姿を見せるなんて思いもよらなかった古井戸は、動揺のあまり磨いていた皿を取り落としそうになった。

「お兄ちゃん。コーヒー淹れるの上手になった？」

「いやあ。あはは……」

「それじゃあ、ブルーマウンテン一つお願いね」

「ねえ。紅茶にしてみない？　僕、紅茶ならちょっとは自信があるんだけど……」

古井戸とて、昨日から努力しなかったわけではない。

アパートに帰宅してからもキッチンでドリップの練習をしていたのだ。そのせいで真夜中に大量のコーヒーを飲んでしまい、昨夜はなかなか寝つけず本日は寝不足気味だ。

「やだ。私はブルーマウンテンが飲みたいの」

「……はい」

拗《す》ねたように頬を膨らます一花が可愛らしくて、つい言うことを聞いてしまう。

真っ白な肌の一花のほっぺは仄《ほの》かに紅く、ふかふかのおもちのようだ。つい指先でつつきたくなる衝動に駆られる。

赤いダッフルコートを着た一花は、気に入ったのか昨日と同じ席へちょこんと座った。小さな一花にはカウンター席の椅子は少し高いらしく、足をぶらぶらさせている。履いている革のブーツも彼女によく似合っていた。

もしかしたら、一花のために誂《あつら》えたオーダーメイドかもしれない。一花の小さな足にぴったりと合うように拵えられた革のブーツは、まるで着せ替え人形のミニチュアの靴のようだ。

ネルドリップに定量の珈琲豆を入れ、細口のコーヒーケトルからお湯を注ぐ。水分を吸収した豆がふっくらと膨らんできた頃合いを見計らい、全体にお湯が行き渡るように細く長く注ぎ続ける。その頃には、ぽたり、ぽたりと琥珀《こはく》色の雫《しずく》がサーバーへ落ちてきた。

この瞬間、古井戸はいつも雨音を思い出す。

休日の、自分と本しか存在しないアパートの部屋。

窓の向こうでぽつんぽつんと落ちる雨音は、上手に弾きたくても弾けない誰かのピアノの音色のようで、自分に似ていてひどく安心する。

「はい。お待たせ」

ことり、と今回は動揺することなく一花の前に苺柄のカップを置いた。

「ありがとう。いただきます」

背筋を伸ばし、一花が昨日と同じように食事前の挨拶をする。それから、両手でカップを持ち、こくんと一口飲んだ。

結果を一花から聞く前に、古井戸が先に口を開く。

「……ごめん。今日も自信がないんだ」

そう呟いて項垂《うなだ》れる古井戸の頭を、ふいに小さな手がぽんぽんと叩《たた》いた。

「お兄ちゃん、背が高いからぽんぽんするの大変」

「えっ。ごめんね」

あまり頭を撫《な》でられた経験のない古井戸が、反射的に顔を上げる。

「な、なんで僕に、こんなことをするの？」

古井戸の慌てように驚いたのか、一花の愛らしい目が大きく見開かれていた。

「頑張ったのに、結果が出なかった時あるでしょ。でも頑張ったのは偉いから、こうやってぽんぽんするの。パパがよくしてくれるから。お兄ちゃんにもしてあげる」

「……ってことは……」

「うん。美味しくない」

「ああ……」

「ごめんなさいね」

一花が背伸びして古井戸の頭をまたぽんぽんと叩く。

なんとなく、母のことを古井戸は思い出していた。

寝つけない夏の夜、こうやって母さんが布団をぽんぽんしてくれたっけ。たったそれだけのことなのに、ものすごく安心したのはなぜだったのだろう。

まるで、魔法のようだ。

「お兄ちゃん、美味しく淹れられるように頑張るよ」

「うん。頑張って」

容赦ないことを言うくせに、一花は優しい。ふと、東京に帰った花純を思い起こさせた。

花純は、元気にしているだろうか。

「どうしたのお兄ちゃん。ぼうっとして」

「あ、うん。そうだ。お詫びにケーキを食べていかない？　パフェもあるよ」

「うーん。どうしようかな。そろそろ日舞《にちぶ》のお稽古《けいこ》の時間なの。遅刻したらお師匠さんに怒られちゃう」

「それなら仕方ないね」

ひらりとスカートを翻し、一花が嬉しそうに笑った。

「あのね。また来るからね。私、ケーキもパフェも大好きなのよ。昨日だって本当は食べたくて仕方なかったのよ。でも、急いでたから我慢したの。だから、お兄ちゃんのお菓子、とても食べてみたいわ」

「そうだったんだね。それじゃ次、一花ちゃんの分、用意しておくから」

「ありがとう。ブルーマウンテンもよろしくね」

「……はい」

「それから、今日も瑠璃波のつけでお願い」

「かしこまりました」

コートを羽織《はお》り、一花が雪の降る外へと傘も持たずに出て行こうとしている。

気泡の入ったレトロ硝子の窓から外を見れば、雪はしんしんと降っている。この降り方だとまだしばらくは止《や》みそうにないだろう。

「一花ちゃん、よかったら傘……」

店内の奥から黒い傘を引っ張り出してきたけれど、一花の姿は見当たらなかった。

諦《あきら》めきれず外まで一花を追いかけたが、一花の小さな後ろ姿はとうに真っ白い雪にかき消されたようだった。


水曜日の金沢は定休日の店が多い。

そのせいか、いつもより客足が悪く店も閑古鳥《かんこどり》が鳴いている。

昨日から降り続く雪も要因の一つかもしれない。雨や雪になると、地元民は外に出ない傾向にある。なので、新規の客を待つしかない。

いくら一日の売り上げのノルマがないとはいえ、留守を預かる身の上としては、本日のトータルはゼロでしたなんて、そんなマイナスな報告を別流瀬にしたくない。

『明日世界が滅しても
一人より二人
二人より一人』
「明日世界が滅んでも、僕はきっと一人だろう。一人より二人って言われても。僕は一人だし、二人にはなれそうにもないな」

柱に貼られた金魚《きんぎょ》の詩に対し、ぽつりと所感を述べる。

いつもならここで揶揄《やゆ》してくる別流瀬がいないことを、寂しく感じる。

最近、金魚のこの詩がやけに古井戸の目についた。

それは、別流瀬と花純が東京に行ってしまうと聞いてからだ。

「こんにちは」

金魚館にドアベルなんてものはない。

古井戸がぼんやりしていたからだろう、一花が指定席になりつつあるカウンター席に座っていることに気がつくのが遅れてしまった。

「うわ。一花ちゃん、いつの間に？」

「どうしたの？　ぼーっとして。それから、ブルーマウンテンお願いね」

「……はいはい」

半ばやけくそ気味に一花からのオーダーを受ける。

昨日も帰宅してから必死にドリップの練習をした古井戸は、重いケトルばかり持っていたせいで右腕が筋肉痛になっていた。

「はい。これは僕からのサービス。苺のパフェ」

「わああ、可愛い！」

レトロモダンなパフェグラスに飾られているのは白いふわふわのクリームに、宝石のように並べられた真っ赤な苺達だ。上にはミントの葉があしらってあるだけで、グラスの中もアイスや苺でぎっしりだった。

「こんな綺麗なパフェ見たことないわ。趣味がいいのね」

「僕の拘りっていうか、フルーツだけを楽しみたいなって思って作ってみたんだ。スポンジやウエハースも口休めにはいいかもしれないんだけど、僕にはどうも余計に思えてしまって。それに、白と赤だけだと、苺の赤が映えて綺麗じゃない？」

「お兄ちゃんの拘り、とても素敵だと思うわ。で、ブルーマウンテンは？　私、ブルーマウンテンからいただくわ」

「……忘れてなかったか」

「忘れないわよ。私、お兄ちゃんの淹れたブルーマウンテンが飲みたいの」

「どうして僕の淹れたものに拘るのさ。ブルーマウンテンなら、僕より上手に淹れる店はたくさんあるよ？」

「それは、私がここを気に入ったからよ。なんだか似てるのよ。お母さんのお店に」

「お母さんのお店って、瑠璃波ってとこ？」

「違うわ。お母さんのお店は別にあるの。ここは雰囲気は似ているけど、お母さんのお店は茶房《さぼう》だから日本茶やお抹茶《まっちゃ》が中心なの。でも、パパだけは特別にコーヒーを頼むことができるのよ！」

「へえ。じゃあお父さんが瑠璃波の社長さんで、お母さんは茶房の女将《おかみ》さんってことかな？」

「そうなるわね」

早くと一花に急《せ》かされて、古井戸がカウンターの中へと戻る。

古井戸なりに学んだのか、手動式コーヒーミルの扱いが下手な彼は電動ミルに頼り、豆に熱が回らないようにする。

粗《あら》く挽いた珈琲豆をネルフィルターに入れ、ポットから湯を落とす。

このタイミングを古井戸は未だ摑めない。紅茶なら、茶葉の状態やその日の気候に合わせてなんとなくここだというポイントがわかるのに、コーヒーに関してだけは自分の『感覚』が働かないのだ。

茶葉の量、お湯の量、温度、時間。

紅茶を淹れる時、これだと確定した数値はないものと古井戸は考えている。

別流瀬に言わせれば珈琲も同じものらしいのだがさっぱりわからない。ここで働いている以上は、わからないままでいては駄目というのも理解しているのだが、向いていないものは向いていない。

そうして、今まで「できない」と、開き直ったままにしていたツケが回ってきたのだ。

一花が飲みたいブルーマウンテンの味を、古井戸は引き出すことができない。

銘柄は別流瀬が厳選に厳選を重ねたブルーマウンテン ナンバーワンだ。ロースト中に漂う芳《かぐわ》しい香りから、いくら珈琲に疎《うと》い古井戸でもこれが飛び切りいい豆なのがわかる。

それなのに、自分は美味しく淹れることができない。

『……努力、ですかね？』

ドリップからふわりと立ち上る湯気が、掴み所のない別流瀬の言葉のようだ。

ふう。と、古井戸の唇から吐息が漏れた。

自分には珈琲を淹れる才能はない。けれど、努力はできる。

たとえ才能がなくとも、客の求める美味しさのレベルまで努力すれば上げることはできるはずだ。

あの子は、どんな珈琲が飲みたいのだろう？

紅茶ではできたお客様への気遣いが、一花にはできていなかった。

『今日は寒いね。ここ最近、手先が冷えてねえ……』

『あいたたた。まーた頭痛のヤツが出てきたわ』

聞こえてくるのは自分に向けられた言葉ではないキーワードだ。盗み聞きしているつもりはないのだが、知りたいと思う。

どうしたら、この人達に喜んでもらえるか。

美味しい紅茶を、「美味しい」と言ってもらえるか。思ってもらえるか。

『珈琲も紅茶と同じですよ』

螺旋状《らせんじょう》の白い煙が古井戸を包み込む。

ああ。そうだった。

別流瀬は、ずっと前から古井戸に真実を告げていたではないか。

「一花ちゃん」

「なあに？」

「飲む前からこんなこと言うのは申し訳ないんだけど、多分今回も美味しくないと思う」

「知ってるわ」

目の前に置かれた苺柄のカップに一瞥《いちべつ》もせず、一花がこともなげに告げる。

「香りでわかるもの。でも、せっかくお兄ちゃんが淹れてくれたから飲むわ」

一花の小さな手には重すぎるのか、両手で包み込むようにしてカップを持ち上げる。こくんと一口飲んだあと、一花からやっぱりの一言が発せられた。

「美味しくない」

「だろうね」

「……その割には、お兄ちゃん。なんだか嬉しそうな顔してる」

「うん。ちょっとね、わかったから」

「？」

不思議顔の一花に、古井戸は少しだけ微笑んだ。

一口しか飲まなかった珈琲は、量が減ったことすらわからない。

「一花ちゃん。一花ちゃんの好きな珈琲って、どんな感じ？」

「どんな感じって言われても困るわ」

「例えば、香りとか味。珈琲の薄さや、酸味があるとか甘い感じがするとか……」

「そうね。ちょっとチョコレートっぽい感じがして、とにかく美味しいの。珈琲全部のいいとこ取りって感じね」

「え。なにそれ。カカオが入ってるってこと？」

「そんなの、お母さんが入れてるのを見たことはないわ。でも、お母さんが淹れてくれる珈琲はチョコレートみたいな風味がするの」

「もうそれは僕じゃなくて、お母さんに頼めばいいんじゃないのかな……？」

素朴な疑問を古井戸が口にしても、一花は意にも介さない様子ですましている。

「あとは、そうね。カップが駄目ね」

「え？　カップって、今飲んでるやつ？」

「そう。このカップ、私、嫌いだわ」

「嫌いって、女の子はみんな苺柄好きでしょう？」

「なんだかよくわからないけれど、私は嫌いよ。そうね。お兄ちゃんの後ろの硝子棚に飾ってある、右から二番目のカップで飲みたいわ」

そろり、と古井戸が後ろを振り向く。

硝子棚にずらりと並べられている九谷焼《くたにやき》のカップの数々は、全て別流瀬のコレクションである。

一度、よく見てみようと硝子棚に手を伸ばしたら、触らないでくださいね。と、あの底冷えのする笑顔で警告されたことがあった。

どうやら、有名な陶芸家や絵付師の作らしい。

一花が注目している右から二番目のカップは、木米《もくべい》の唐子《からこ》だ。九谷独特の赤地《あかじ》に唐子図が細緻《さいち》に描かれている。

人間国宝作だと、涼しい顔で別流瀬が説明していたのを思い出す。

「ええと。だったら、この隣の花詰《はなづめ》にしない？　ほら、こっちのほうが金箔《きんぱく》を使ってるし綺麗だよ。可愛いし……」

「嫌。その赤いカップがいいの」

「ごめんね。でも、そのカップはすごく高価なものなんだ。僕の一存ではここから出すことはできないよ。しかも、このカップを使って僕がコーヒーを淹れるなんて、とてもじゃないけど恐れ多いよ……」

「嫌！　そのカップで飲みたいの！　私、ここに来た時から、ずっとそのカップでコーヒーを飲みたいって思ってたの。そのカップがいい！」

「ただの人物絵じゃないか。女の子ならお花のほうがよくない？　ほら、牡丹《ぼたん》とか梅《うめ》とかいっぱい描かれてるよ」

金彩銀彩《きんだみぎんだみ》、緋《ひ》色の富貴花《ふきか》に紅梅《こうばい》、白菊《しらぎく》。九谷の技法である青粒白粒《あおちぶしろちぶ》で埋め尽くされた花詰のカップは、確かに美しかった。けれど、一花は唐子のカップがいいと駄駄《だだ》をこねる。

「そんなギラギラしたのは嫌。全然よくない！」

唐子然《しか》り花詰は、九谷焼を代表する絵柄だ。

別流瀬から散々蘊蓄《うんちく》を聞かされていた古井戸は知っていた。花詰は、慶事など特別な日に使用する柄なのだと。

古井戸自身、幼い頃祖母の法事で花詰の湯呑《ゆの》みを出されたことがある。

なんとなく、大好きだった祖母を否定されたような気がした。

「……子供に出しても無駄だから、出さないよ」

「え……」

「お客様だから仕方ないけど、僕が下手くそだから、仕方ないけど……一生懸命作ったものを残されるこっちの気持ちにもなりなよ！」

子供相手、しかもお客様相手だということも忘れ古井戸が激昂《げっこう》する。

「君みたいな我《わ》が儘《まま》な子の親の顔が見てみたいよ！」

「……ごめんなさい」

意外なことに、一花は怒ることなく素直に謝った。

紅い唇を噛《か》み締め小さな肩を震わす一花の様子は、今にも泣き出してしまいそうだ。

「えっ。いや。……僕、どうしよう。お客様になんてことを……」

「私、帰るね。おばあちゃんのとこに行かなきゃ。あのね、パパもお母さんも、お仕事大変だから、来られないの……ごめんね。私はいい子じゃないけど、パパとお母さんはすごく優しいから、だから、悪く思わないで」

「一花ちゃん……」

「……ごちそうさまでした。飲んであげられなくて、ごめんなさい」

白いダッフルコートを羽織り、一花が店から出て行く。

「ちょっと待って！　一花ちゃん……」

慌てて後を追いかけようとしたら、常連の筒井《つつい》が店に入ってきた。

「よお。コーヒーもらえる？　隆治、まだ帰ってきてないの？」

「あ……。筒井さん。いらっしゃいませ」

「しょうがねえなあ。ブレンド一つ頼むわ」

「かしこまりました……」

「おいおい。いくら隆治がいないからって愛想までなくすこたねえだろうが。スマイル大事だろスマイル。ほら、ニカッと笑ってみろ。お前は本当に愛想がねえよなあ」

「……申し訳ありません」

発作的に一花にひどいことを言ってしまったショックを、古井戸はどうしても隠すことができずにいた。元々笑顔を作ることが苦手な古井戸に、今日はもう笑顔でいることはできそうになかった。


「寒いなあ……」

古井戸が一人で店を任されて、今日で五日目になる。

日中は晴天だったせいか、夜は随分と冷え込んだ。

表のシャッターを下ろし鍵をかけ、今日もまた一人ぼっちの店仕舞いが終わる。

きんと冷えた空気の中、見上げた夜空には氷の粒のような星が瞬《またた》いていた。

なんとなく、ミントキャンディを思い浮かべる。あれらの一粒を口に放り込んだら、きっとミントのように冷やっとして甘い味がするのではないだろうか。

ふと、あの子が呟いた言葉が脳裏をよぎった。

『薄荷って、薄荷？　あのドロップの白くて辛いやつ？』

一花が来なくなって二日たつ。自分はどれくらい、あの子を傷つけてしまっただろうか。一花の言葉が古井戸の頭の中に反響する。

『あのドロップ。白くて水晶みたいに綺麗だからつい食べてしまうのよね』

自分だって傷ついたのだ。ここ数日、昨日の晩もドリップの練習をし続けたせいで右手首が鈍く痛む。体の痛みはわかりやすいが、心の痛みはわからない。ならば、心もわかりやすく傷として表面化すればいいのに。

しばし空を仰いだ古井戸の形のいい唇から、白い息がふうと漏れた。

よく、無遠慮に誰かを傷つけてしまう。そして、傷つけたという自覚も自分にはあるからタチが悪い。

止めてくれる花純も、フォローしてくれる別流瀬もいない。

最初から、一人だったじゃないか。と、古井戸は自分がずっと一人きりだったことをふと思い出す。

忘れていたのだ。

自分が一人であったことを思い出した古井戸は、久方ぶりの淋《さび》しさと空虚《くうきょ》な孤独、そしてほんの少しの安堵《あんど》を三月の寒さとともに噛み締めた。

『薄荷って名前、素敵ね』

そんなことを言われたのは、生まれて初めてだ。

祖父がつけたという名前は、両親からもらったものではない。

そして、その祖父も両親も古井戸の傍にはいない。いてほしいとも、思わない。

世界なんて滅ばない。

自分が死んでも、日常は変わらず流れていくのだから。

ただ、後悔はするかもしれない。

自分はあの子に、謝らなければいけないから。だから、謝らずいなくなることを後悔するだろう。

どうしてあの時、言えなかったのか。

今日だってずっと待っていたのに、一花は顔を見せなかった。当たり前だ。

いつもの調子で、あんな稚《いとけな》い女の子を傷つけてしまった。

罵《ののし》った言葉は、本当の気持ちだ。でも、口にしてはいけない言葉だった。

古井戸の能力は、肝心な時役に立たない。

強い想いが視《み》えるだけで、解決策は教えてくれない。

誰かの傷つく顔を見て、後悔するのにも慣れてきた。

泣かれたこともある、怒鳴りつけられたこともある。けれど、一花は違った。

少女は、古井戸に対し謝罪した。

その表情が。

ただ寂しいのだと、少女の心だけが古井戸には視えた。

あの子の傍には家族がいる。自分の傍には家族がいないのに、なぜか自分と同じ色の心の欠片が視えたのだ。

氷輪《ひょうりん》きらめく空を見上げるのをやめた古井戸は、寒さのせいで冷えて痛くなった鼻を黒いマフラーに埋《うず》めた。彼らしく猫背で地面を見つめながら、ゆっくりと帰宅への一歩を踏み出した時だった。

「……一花ちゃん？」

外灯に照らされた夜の電信柱の影は、ひょろりと長い。

背が高い古井戸の影を追い越す、その電信柱の陰に一花が頼りなくもたれかかっていた。

「こんな寒い中どうしたの？　いつからいたの？」

「お兄ちゃん……お母さん、いなくなっちゃった」

「え？」

「家にね、誰もいないの」

一花の目元は、泣きすぎて真っ赤に腫《は》れていた。

ごしごしとコートの裾で目を擦る一花を制し、鞄からハンカチを取り出した古井戸は彼女の目線までしゃがみ込み、優しく涙を拭ってやった。

「お父さんは？」

「パパもいないの」

「一花ちゃんのおうちってどこ？　送っていくよ」

「いや。家にいても誰もいないもの。一人は嫌だよ」

泣きながら自分にしがみつく一花に、古井戸は在《あ》りし日の自分を感じた。

「うん。とりあえず、お兄ちゃんちに行こうか。ここは寒いから」

古井戸自身、子供は苦手だ。

けれど、一花は別だった。

生まれたての子供のように頑《かたく》なに拳《こぶし》を作っている一花の手をそっと開かせ、古井戸の大きな手で包み込む。

親子のように、兄妹《きょうだい》のように、家族のように。

古井戸は一花と手を繋《つな》ぐ。

「ええと。美味しくはないかもしれないけど、温かい飲み物を作ってあげるから、おいで」

「……うん」

こくり、と素直に頷き泣きやんだ一花に古井戸が笑いかける。

「美味しくなくても、気にしないよ」

申し訳なさそうに呟いた一花の言葉を、今の古井戸は優しく受けとめられた。

「ごめん」

ずっと言いたかった言葉が、音に形を変え古井戸の喉《のど》から一花へと送られる。

不思議そうな顔をする一花に柔らかく笑顔を向ける古井戸は、普段の彼から想像もできないほどに魅力的だった。


「汚いアパートね」

一花のあけすけな言いっぷりに古井戸は言葉も出ない。

連れてきたことを少しだけ後悔しながらも、一つだけしかない座布団に一花を座らせる。

「築三十五年らしいからね。古いのは目を瞑《つむ》ってよ」

十間町からほど近い尾山町《おやままち》にある木造のアパートに、古井戸は一人で住んでいた。

今は夜なので外は暗いが、窓を開ければ尾崎《おざき》神社や金沢城《かなざわじょう》公園が見える。春になれば桜《さくら》の花だって舞い込んでくる。古いが、それなりに好条件の物件だ。なにより家賃がリーズナブルだ。

「……なにもないわね」

「そう?」

1Kの畳の部屋には一花が述べた通り何もない。

小さなローテーブルに、銀色のノートパソコン。それに、図書館から借りてきた数冊の本と、壁にさっきまで古井戸が着ていた黒いコートがかけてあるだけだった。

テレビも電話も見当たらない。

余程の収納上手か、本当に物がないかのどちらかだ。

「はい。ココア。熱いよ。気をつけて」

「……ありがとう」

「寒くない？　暖房、つけようか？」

「いらないわ。寒いの、慣れてるから」

「僕もだ」

一花と古井戸、二人で熱々のココアを飲む。

この家に二つしかない不揃いのカップは、どちらも古井戸のお気に入りだ。

一つは、ドーナツショップの景品でもらったもの。もう一つは別流瀬からもらったドイツ土産のグリューワインのマグカップだ。

「お母さんの携帯の電話番号は覚えてる？」

「わからない」

「お父さんは？」

「知らない」

「じゃあさ。前に言ってたおばあちゃんのところは？」

「六斗のおばあちゃん？」

「六斗……ってどこかな？　金沢？」

「金沢に決まってるじゃない。六斗は六斗よ」

「ごめん……。僕の知らない町だ」

「お兄ちゃん、金沢出身じゃないの？　妙立寺《みょうりゅうじ》の先じゃない」

「妙立寺って忍者寺の？　ああ。あそこか。って、ここから歩くには遠いな。タクシー呼ぼうか？」

「いいわよ。おばあちゃん、きっともう寝ちゃってるわ。起こすの可哀相《かわいそう》」

「え？　そしたら一花ちゃんはどうするの？」

「私はここで寝るわ。もう十時過ぎだし」

「へ？」

「おやすみなさい」

座布団を枕にし、ころんと横になった一花に古井戸が狼狽《うろた》える。

「いやあの。僕、一応その……なんて言うか……」

すうすうと、すぐに規則正しい健やかな寝息を立てる一花。その寝顔は天使のように愛らしい。閉じられた睫毛《まつげ》は長く、子供らしいふくふくした頬は涙の跡が滲《にじ》んでいた。泣き腫らして赤くなった目元が痛々しい。

押し入れから毛布を取り出し、一花の小さな体にかける。

「仕方ないな」

ふうと溜め息を吐いた古井戸は、着替えようと洗面所へ向かった。

普段パジャマ代わりにしているジャージに手早く着替え、ついでに歯を磨く。

部屋で寝ている一花のことを考えると、急に憂鬱《ゆううつ》になった。

この状況は、もしかしたら誘拐犯と同じではないのか？

今更、警察という二文字が頭に浮かぶ。

そうだ。最初から警察に行けばよかったのだ。

もちろん、古井戸が誘拐犯として出頭するわけではない。迷子を届けるために、だ。

せめて、今晩は寝かせてあげよう。朝になったら交番に一花を連れていこう。頭の中で明日の段取りをつける。

口をゆすぎ、タオルで軽く顔を拭った古井戸は、居間へと続く襖《ふすま》を一花を起こさないようにそっと開けた。

「あれ？」

一花の姿が、忽然《こつぜん》と消えていた。

六畳間の狭いスペースに隠れる場所は限られている。

小さい子特有の悪戯かと、押し入れも台所もベランダも、ありとあらゆる所を捜してみたが、一花はどこにもいなかった。

「……べ、別流瀬さん」

ジーンズに仕舞いっぱなしだった携帯を取り出し、震える指でスマホ画面を操作し別流瀬の番号に電話をかける。

古井戸にやましい気持ちは微塵《みじん》もないが、世間はそうは思うまい。先程だって通報されないか内心冷や冷やで、一花と手を繫いで夜道を歩いていたのだ。幼女を家に泊めたと誰かに知られれば、あらぬ誤解を受けるに違いない。それくらい、いくら鈍感な古井戸でもわかる。

しかも、その少女がいなくなっただなんて……その先は想像するだけでも恐ろしい。

『もしもし。遅くにどうかされましたか?』

片時も携帯を離さないタチなのか、別流瀬は大抵電話に出てくれる。もしくは、店を古井戸一人に任せたことが心配で気が気じゃないのかもしれない。

「どうしましょう!?」

『どうしましょうね』

別流瀬の低音で心地いい声を聞いた瞬間、古井戸は開口一番に泣きついた。

「僕、捕まっちゃうんでしょうか!?」

『それは警察の方が決められることだと思いますよ』

「ええ……僕まだ捕まりたくないなあ」

『そうですね。私も自分の店の従業員から犯罪者を出したくありませんね』

「どうすればいいんですか？」

『どうすればいいんでしょうね』

「って言うか、別流瀬さん、何があったかご存じなんですか？」

『知りませんよ』

「知らないなら話を合わせないでくださいよ！　知ってるかと思うじゃないですか」

『流石に、私も全知全能ではありませんので。それで、どうかされましたか？』

泣き声の古井戸とは対照的に、別流瀬の声は落ち着き払っている。留守中、古井戸が何かしらしでかすことは彼の想定内だったのだろう。

「少女が、さっきまで僕のアパートの部屋で寝てて……いなくなっちゃったんです！」

『……警察に出頭してください。それでは』

「ちょっと待ってください！」

『刑が軽くなるらしいので、自首をお勧めしますよ』

「もしかして、僕のこと誘拐犯だと思ってませんか？」

『それ以外のなんだと自分のことを思っているんですか？　古井戸くんは』

「だから！　僕がそんなことするわけないじゃないですか！　一花ちゃんですって！　永

瀬一花ちゃん」

『ああ。一花さんですね』

先程まで蔑視《べっし》を含んでいた別流瀬の声音《こわね》が幾分和らいだ。

『なるほど。理解しました』

「あ、ありがとうございます」

別流瀬からのあらぬ疑いも晴れ、古井戸がほっとする。

『それでは、おやすみなさい』

「いやいやいや。待ってくださいよ！　だから一花ちゃん、いなくなっちゃったんですって！　おやすみなさいって、こんな状況で寝れるわけないじゃないですか」

『一花ちゃんのことなら大丈夫ですよ。枕を高くして寝てください』

「でも……」

『一花さんなら、ここにいますよ』

「はあ？」

別流瀬の意外な言葉に、古井戸がすっとんきょうな声を上げる。

「……別流瀬さん、金沢に戻ってたんですか？　なら、もっと早く言ってくださいよ。それとも、実は東京出張はフェイクで僕のこと社員に相応《ふさわ》しいかどうかどこかで監視してたんですか？　確かに福利厚生は魅力的ですけど……」

『なら、あなたのおうちの家業を継いだらいかがですか？』

「嫌です。あんな家、戻りたくありません」

『そうですか』

家になんて居場所はない。

居場所がなかった古井戸に、居場所を与えてくれたのは、別流瀬だ。

簡素なアパートは実家の大きな家と正反対だが、とても落ち着く。

声の職業につきたいと素直に思えたのも、ここに越してきてからだ。自分の夢は、実家を継ぐことではない。

「僕の代わりはいますから」

ぽつりと呟いた古井戸の言葉を、別流瀬はあえて聞き流した。

『……私はまだ東京です。そして、君を監視するほど暇ではありません。明日、朝一の新幹線で帰ることにしましたから、店で大人しく待っていてください』

「え？　まだ一週間経ってませんよね？」

『総会も終わりましたし、長くかかると踏んでいた商談も今日話がつきました。本当は、余暇で東京観光にでも行こうかと思っていたのですが、あなたがこんな状態じゃ放っておけませんから』

「すみません……。でも、一花ちゃんは本当にそこにいるんですか？　おかしくないですか？　だって、さっきまで僕のアパートにいたんですよ？　こんな短時間で東京なんかに行けるわけないですよ。電車だってこの時間運行してないですし、夜行バスだって……」

『古井戸くん。もう休みなさい。今日もお疲れでしょう』

電話を通して聞こえる別流瀬の声が、意外なほどに優しい。

『私は、あなたがここ数日どうしていたかは知りません。けれど、とても頑張っていたことは、顔は見えないけれど声でわかりますよ。頑張りましたね』

「……別流瀬さん」

別流瀬のねぎらいの言葉が、ぐっと胸に迫る。

ここ数日間、様々な失敗もした。自分の知らなかった一面を見ることもできた。

そして、自分が一人だったことを思い出した。別流瀬や花純、お店の常連達と過ごす日々が楽しくて、孤独を忘れてしまっていたのだ。

「一花ちゃんのこと、本当に大丈夫なんですよね？」

『ええ。私が保証します』

別流瀬は、古井戸に嘘《うそ》をついたことはない。

だから、古井戸は別流瀬を信頼する。それが、どんなに理不尽なことであってもだ。

人の深淵を視る能力を持つ古井戸にとって、別流瀬くらい付き合いやすい人間はいない。

別流瀬には、裏表がないからだ。

視える能力が過敏になっている時期に、別流瀬を視ても、彼の心底にある真実はいつも同じだ。

別流瀬の声からは、嘘の色が視えない。

「わかりました。夜分遅くに失礼しました」

『それでは、また明日。おやすみなさい』

「……おやすみなさい」

通話ボタンをオフにして古井戸は大きく溜め息を吐き、窓の外を見た。

そこには、思いがけずシリウス、ベテルギウス、プロキオンの星々が繋ぐ冬の大三角形が描かれていて、しばし星達から目を離すことができなかった。


「ただいま戻りました」

朝の開店一時間前、黒いチェスターコートとスーツを着た別流瀬が店内に入ってきた。

「別流瀬さん！　お帰りなさい」

テーブルを拭いていた古井戸が、帰還した別流瀬へと駆け寄る。

「留守をありがとうございました」

コートを脱いだ別流瀬は、古井戸の顔を見て眉をひそめた。

「古井戸くん。昨日寝てないでしょう。目の下にクマができていますよ」

「……すみません。どうしてもあの子のことを考えると寝つけなくて。けど、仕事は頑張りますから……って、あれ?」

別流瀬が開きっぱなしにしていたドアの前に、綺麗な女性が立っていた。

「初めまして」

「あ、初めまして……」

「店先ではなんですから、どうぞこちらへ。森崎《もりさき》さん」

「はい。お邪魔します」

楚々《そそ》とした雰囲気の美人は古井戸にぺこりと一礼すると、別流瀬に促《うなが》され奥のテーブル席へと通された。

まさか、別流瀬が誰かを連れて帰ってくるなんて思わなかった。

これでは、一花の行方が聞けないではないか。

もやもやする気持ちを抱えながら、古井戸は朝の掃除を再開する。

「古井戸くん。掃除が終わったらでいいですから、こちらにコーヒーを二杯お願いします」

「……わかりました」

ブレンドコーヒーなら、別流瀬からも及第点をもらっているので古井戸も安心して淹れることができる。

　店内の清掃が粗方《あらかた》終わったので、言いつけられていたコーヒーを淹れようと古井戸がカウンターへ向かおうとした時、別流瀬から再び声がかかった。

「古井戸くん。赤い唐子のカップがあったでしょう？　あれを持ってきてください」

「え？」

「貴重なものなので、慎重にお願いしますね」

「はい……」

　なぜ、あの唐子のカップを？

　このカップは一花がとても興味を示していたものだ。

　桐の箱に詰め直し、落とさないよう慎重に二人が座っているテーブル席へと運ぶ。

「わあ。これです。私が欲しかったカップです」

「人間国宝作、九谷木米赤絵唐子図のカップに間違いありませんね？」

「はい」

　繁々《しげしげ》とカップを眺める森崎は、とても嬉しそうだ。

「別流瀬さん、今回は本当にありがとうございました」

　深々と頭を下げる森崎に、別流瀬も同じくらい頭を下げた。

「こちらこそです。あなたのような方にこのカップを譲ることができて本当によかった」

覚えた。

もう自分のものになったかのようにカップを手にする森崎に、古井戸は少しだけ怒りを覚えた。

誰かの手に渡るくらいなら、一花にそのカップを使わせてあげたかった。

「すみません！　ちょっと待っていただけませんか？」

「古井戸くん？」

「……そのカップ、僕に売ってもらえないでしょうか？」

「え？　困ります！　これは私が……」

突然の古井戸の言葉に、森崎の表情が曇る。誰にも渡さないと言わんばかりにカップが入った桐箱を両腕で隠してしまった。

「お願いします！　お金ならいくらでも払いますから……」

「そうですねえ。古井戸くんなら店員のよしみでお勉強して……三十万でいいですよ」

「え……。まあ、仕方ないですよね。人間国宝作ですし……」

「一客、三十万です。セットで五客ありますので百五十万ですね」

「……百五十万円……!?」

古井戸が思っていたのと一つ桁《けた》が違った。けれど、ここで引き下がるわけにはいかなかった。

「なら、少しの間だけ貸してくれませんか？　このカップが大好きな女の子がいるんです。あの、僕、その子にひどいことをしてしまって……なので、罪滅ぼしのためにも、このカップであの子に美味しい珈琲を飲ませてあげたいんです」

「いいですよ」

思いがけず、あっさりと別流瀬が了承する。

「美味しいブルーマウンテンを淹れてくださいね。一花さんに」

「あ。はい……そのつもりですけど」

意外な別流瀬の反応に、叱《しか》られる覚悟ができていた古井戸が拍子抜けする。

「でも、一花ちゃんは……。って言うか、別流瀬さん、一花ちゃんはどこにいるんですか？　一緒にいたんじゃ……」

「一花は、私ですけれど……」

「え？」

古井戸の目の前にいるのは、綺麗だが中年の女性だ。あの幼い一花ではない。

「すみません。僕が探しているのは」

「合っていますよ。彼女は、君が探していた一花さんです」

「え？」

「申し訳ありません。森崎さん。ちょっと手違いがありまして、うちのバイトが混乱しているようです。このカップはあなたのものなので、どうぞ安心してください」

「そ、そうですか……」

怪訝《けげん》そうな顔で古井戸を見ていた森崎の、カップを守っていた腕からようやく力が抜けていく。

「古井戸くん。このカップでブルーマウンテンを淹れてきてください」

「でも、僕より別流瀬さんが淹れたほうが」

「飲ませてあげたかったんでしょう。一花ちゃんに」

「どうしてさっきから私を下の名前で呼ぶんですか？　なんだか照れるわ」

ふわっと森崎が笑った。欲しかったカップを手に入れて嬉しかったのか、彼女の唇から白い八重歯が覗いた。

その微笑みは、あの子にとてもよく似ていた。

「一花……ちゃん？」

「……あら？　あなた……もしかして前にどこかで会ったことがあるかしら」

しばし、森崎と見つめ合う。

意志の強そうな黒い瞳、長い睫毛。大人になったら飛び切りの美人になるだろうとは思っていた。けれどまさか、目の前にいる森崎が、あの一花なはずがない。

一花は、まだ年端もいかない少女のはずだ。

「君の能力は、相変わらずですね」

「え？」

「最初の電話から、気がついてましたよ。お客さんに迷惑はかけていませんでしたか？」

「別流瀬さん、僕は……」

「まあいいでしょう。とりあえず、ブルーマウンテンを二つ持ってきてください。……いや、三つにしましょうか。この唐子のカップを使用してくださいね」

「はい……」

頭の中が一花のことでいっぱいだったせいか、人間国宝作のカップを扱っている緊張はあまり感じず、練習の癖で一花好みに寄せたブルーマウンテンを用意してしまった。

「どうぞ……」

自信はないですけど、と心の中で呟きつつ、テーブルに淹れたての珈琲を出す。

「わあ。いい香り」

にっこりと笑う森崎は、やはり一花に似ていた。

「ふむ。あなたにしては芳醇《ほうじゅん》な香りが出せてますね」

「あら。この方、もしかして珈琲を淹れるのが苦手なのかしら」

「はい。いつもは泥水のような味がします」

「そんなことを言われたら、なんだか飲むのが怖いわ」

「大丈夫ですよ。こんなに香りがいいんですから。さあ、森崎さんも飲んでください」

「それじゃあ……」

カップに口をつけた森崎を、神妙な面持ちで古井戸が見守る。

「美味しい……」

ほ、と一息つき、森崎は片手で持っていたカップを愛《いと》おしそうに両手で包み込むように持った。

「……本当に、美味しい。ちょっとだけ、お母さんの味に似てる……」

瞬間、彼女の大きな瞳から涙が零《こぼ》れ落ちた。

「森崎さん？」

「本当に……本当に、ありがとうございます。別流瀬さん。また、このカップで、ブルーマウンテンが飲める日が来るとは思いませんでした……」

泣きながら、森崎……永瀬一花が古井戸を見て微笑む。

「こんなに美味しいコーヒーを、淹れてくれてありがとう。なんだか懐かしい味がしたわ」

それは、古井戸が一花から一番欲しかった言葉だった。

「森崎さん……一花さんのお母さんは、ひがし茶屋街で芸妓《げいぎ》さんをしていらっしゃったそうです。花千代《はなちよ》さんとおっしゃって、なかなか人気の芸妓さんだったようですよ」

別流瀬のいる金魚館は、通常営業へと戻っていた。

美味しい珈琲の匂いが芳しく立ち籠《こ》め、客入りはあるものの、そっとどこかへと帰ってしまう。それが全て、客達を居心地よくさせる細やかな別流瀬の配慮と差配によるものだったのだと、留守を任された古井戸はようやく気がついた。

金魚館は客で過密になったことはない。閑古鳥というわけではないが、客足はいつだって途絶えない。けれど、それは店主の別流瀬がいてこそだ。古井戸では、こうはいかなかった。

「一花さんのお父様は瑠璃波の社長さんで、ひがし茶屋街では随分名の知れた方でした。その方の愛人だったんですよ。花千代さんは」

三月後半の暖かい日。

窓硝子から木漏れ日が射《さ》し、四角い光が暗い店内の影をくりぬいている。

「内縁の妻、というわけです。一花さんを身ごもったのを機に、お母さんの花千代さんは芸妓をやめ、同じひがし茶屋街で旦那《だんな》様の支援を受け茶房を開いたそうです。その時に、開店祝いとして、当時すでに九谷の人間国宝だった方に特別に作らせたのが、あの唐子の五客組のコーヒーカップです」

「ああ……」

「時々店を訪れるお父様は、必ずブルーマウンテンを花千代さんに淹れさせたそうです。一花さんを交え、家族皆でコーヒーを飲むのが大好きだったと、おっしゃっていました。きっと、家族のために作られたカップなんでしょうね」

五客あるのは、これから増えていくかもしれない未来の家族のためだったのかもしれない。一花と過ごしていた時に視えなかった映像が、古井戸のもう一つの視界に映し出される。二画面になった世界に、在りし日の家族の姿が視えた。

「けれど、幸せな時間は長くは続きませんでした。ご高齢なこともあり、しばらくして旦那様はこの世を去ってしまいました。後ろ盾をなくした花千代さんは、本妻さんから疎まれていたこともあり、ひがし茶屋街から追われるようにいなくなりました。店もその時畳まれたそうです。旦那様も店も失い、余程ショックだったのでしょうね。元々体が弱かった花千代さんは一花さんを育てるために無理をされたこともあって、重い病を患い、旦那様の後を追うように亡くなりました」

「その、一花ちゃんは……」

「しばらくは、野町《のまち》に住んでいた花千代さんの母、一花さんのおばあさんの所にいたらしいですが、おばあさんも数年後に亡くなったそうです」

「そんな……」

「財産も、ほとんど親戚《しんせき》に取られてしまったと聞きました。最後まで花千代さんが守り通したあのカップも、売られてしまったそうです。小さな一花ちゃんにはどうすることもできなかったと、悔やんでおられましたよ」

「それはそうですよ……あんな小さな女の子に、なにができるっていうんですか。むしろ、誰かが守ってあげなくちゃ……」

「古井戸くん。世間とは、そういうものなんです。想いは巡ります。愛も嫉妬《しっと》も欲望も、それから優しさも。いろんな感情を巡って人は動いているんです。それがどう働くかは、誰にもわかりません」

「けど……」

「その後の一花さんですが、親戚中をたらい回しにされ、随分辛い思いをしてきたそうです。結局、東京に住む母方の遠縁にあたる方の養女になったとか」

東京。

新幹線が開通したために今は身近に感じるが、あの頃の一花にとって東京はどんなイメージだっただろう。きっと、とても遠い場所に思えたはずだ。

「金沢には、二度と戻る気が起きなかったと言っていましたよ。思い出すのも辛いと」

もう、戻れない。戻ることもない。そう覚悟したのだろうか。

あのあどけない、小さな一花を思うと、胸がひどく痛んだ。

握った一花の小さな手の感触を、古井戸は思い出す。

「私があの唐子のカップを手に入れたのは、馴染《なじ》みの骨董《こっとう》店からです。人から人へ、流れに流れ、私のもとにあのカップはやってきました。そして、ここ金魚館に飾られた」

別流瀬が、優雅な所作で硝子棚を手で示した。唐子があった場所はぽっかりと空いており、あるべき主《あるじ》のもとへ帰ってしまったあとだった。

「新幹線開通のおかげで、ここのところ観光客が増えましたから。うちの店は古いですし、青壁が珍しいと写真を撮っていくお客様も少なくありません。特に、この九谷のカップとソーサーは珍しいので撮らせてくれとよく頼まれます」

「あ」

映像と真実が古井戸の中で、かちりと繋がった。

視界が、一つになる。

「そうです。うちに来た東京からのお客様の中に、一花さんのお友達がいたんです。その方がこのカップの写真を撮って、偶然、一花さんに見せたんです」

もう見つからないと諦めていた大切なものを見つけて、彼女はどんな気持ちだっただろう。きっと、いなくなった家族がまた戻ってきてくれたことと同じくらい、嬉しかったに違いない。

「写真を見て、すぐにわかったそうですよ。当たり前ですよね。大切にしていた物なんですから。写真とはいえ、見間違うはずがありません。そうして、彼女から店に電話がかかってきました。あのカップを売ってくれと」

「もしかして、別流瀬さんが東京に行ったのって……」

「はい。総会もありましたが、一花さんと取り引きの件で会いに行きました」

「ああ……」

古井戸がようやく納得する。

「古井戸くん。一花さん、どうでしたか？」

「え？」

「会ったんでしょう？　幼い日の一花さんに。君、今回の件で能力が使えないことを不思議に思いませんでしたか。大丈夫です。最初から、君には視えていましたよ」

「え？　え？」

「小さい一花さんは、君の力が見せた幻灯《げんとう》のようなものです。あれは、かつての彼女なんですよ。カップに対しての想いが強かったんでしょうね。私に会うよりも先に、ここに会いに来てしまった。お母さん、お父さんの思い出に。推測ですけどね。君が幻灯機になって、当時の彼女を映し出したんだと思います」

「……確かに、誰かの想いが強いほど、僕はよく視える傾向にあります。人でも、物でも……」

「一花さん、なにか食べ物や飲み物を召し上がってはいましたか？」

「はい。コーヒーを一口。不味いって言われちゃって、全部は飲んでくれませんでしたが」

「本当に、飲んでいましたか？」

「え？」

「飲めなかったんでしょうね。幻に食事はできません」

一花がたっぷり残したコーヒーを流しに捨てる時、祖母の陰膳《かげぜん》みたいだな、と密かに古井戸は思っていた。

「でも、久保さんが……『小さなお客さん』が来たって言ってましたよ。僕以外にも視えていたはずですけど」

「久保さんですか。彼女、表現が可愛らしい方なんですよね。ドアから雪や羽虫が入り込んでくると、よくおっしゃってますよ。小さなお客さんが来ましたねって」

そうだ。あの日は、雪が降っていた。

「……騙《だま》されました」

「久保さんのことがなくても、気がつかなかったと思いますよ。あなたはよく、視えないものと会話している時がありますから。私達には見えないものが、生きているように視えているんでしょうね。常連さんも見過ごしてはくださっていますけど、壁に話しかけてる君の姿は、事情を知っている私すら怖くなる時があります」

「ええ!?　僕、そんなことしてませんよ。店ではちゃんと接客をやって……」

「はいはい。おや、いらしたようですね」

金魚館にドアベルはない。

代わりに、賑やかなお客様の声がする。

「こんにちは。昨日はありがとうございました」

白いワンピースを着た森崎と、背の高い眼鏡をかけた男性が出入り口に立っていた。

「いらっしゃいませ。森崎さん。ご用意はできております」

臙脂《えんじ》色の布に包まれた桐箱を、別流瀬が森崎に手渡す。

「ねえ。お代、本当にいいの？」

「はい。本来の持ち主のもとへ帰るのが道理かと。九谷のカップ集めは私の道楽なので、お代は結構ですよ」

「あらら。別流瀬さんって本当に素敵な方ねえ。容姿も整って素敵だし。旦那に会う前だったら、私、あなたと結婚していたわ。あ、この人、うちの主人」

「初めまして。妻がお世話になりました」

口ではそう言いながらも、森崎一花はぴったりと夫に寄り添っていた。

別流瀬と森崎夫妻が挨拶を交わしている最中、その後ろからそっと古井戸を見つめる小さな存在に気がついた。

「え?」

「………」

「一花、ちゃん……?」

髪型は三つ編みで違っていたけれど、二人の間に隠れている少女は確かに一花だった。

「ほら、千春《ちはる》、挨拶しなさい」

「……森崎千春です」

千春と呼ばれた一花によく似た少女は、小さな声で自己紹介すると、再び両親の後ろに隠れてしまった。

古井戸が知る一花と見間違えるほどに、彼女の娘はよく似ていた。

「ごめんね。うちの子、人見知りなのよ」

「お子さんがいらっしゃったんですか?」

「そうよ? やっぱり子持ちに見えないわよね。私、若く見えるから」

うふふと笑う森崎に、隣にいた森崎氏も苦笑する。

「……幸せなんですね」

「そうよお。幸せよお。……幸せすぎて、忘れてたのよ」

「え?」

「思い切って、金沢に来てよかったわ。駅周辺は変わっていたけれど、やっぱりこの辺は変わらないのね。昔のままだわ」

「この辺、ご存じなんですか？」

「ええ。だって住んでいたんだもの。坂を下って六斗のおばあちゃんちまで自転車で行ったりして」

「それって、尻垂坂のことですか？」

「あら？　若いのによく知ってるわね。六斗も今じゃ旧名よね。地名もあちこち変わってるみたいだし」

昔を思い出しているのか、森崎は目を細め窓から金沢の景色を眺めた。

「あの。突然なんですけど、ミントキャンディはお好きですか？」

「え？　ミントキャンディは大好きよ。なんで知ってるの？」

「いえ……なんとなく。そうだったらいいなって」

自分の幻影は、真実になった。

『今は嫌いでも大人になったら必ず好きになるわ』

そう言った一花の言葉は、もはや幻想ではない。

「ママ。このお兄ちゃん、なんだかパパに似てるねえ」

「……言われてみればそうね」

千春の言葉で、古井戸を見つめた森崎の黒目がちな瞳は、確かにあの子のものだった。

「でも、パパが一番素敵よ！」

はっと我に返った森崎が、慌てて隣の夫に笑顔を向ける。

「ご主人のことがお好きなんですね」

「ええ、そうよ。私の大切な大切な、家族なんですもの」

古井戸は、確かに視た。

彼女の中に、幼い頃の一花を。

「……今は、淋しくないですか？」

「淋しくはないわよ。むしろ、賑やかで毎日が楽しいわ」

「そうですか。よかった。変なことを聞いてごめんなさい」

しばらく森崎が古井戸の顔を無言でじっと見つめ、こう言った。

「あなたも、淋しくない？」

その時、店のドアが開いた。見知った顔が扉の隙間から店内を覗き込んでいた。

そうして、視線を彷徨《さまよ》わせ古井戸と視線が合った時、彼女は笑ってくれた。

花純だ。東京から戻ってきたのだ。

「……はい」

古井戸が嚙み締めるように、そう呟くと、森崎は白い八重歯を見せて少女のように微笑んだ。

三話

深海魚とマシュマロココア

「小修丸雪継《こしゆまるゆきつぐ》です。よろしくお願いします」

そう名乗った彼の目は揚羽蝶《あげはちよう》のような虹彩《こうさい》で、その端整な容姿と相まって花純《かすみ》を戸惑わせた。しかし、よく見れば色硝子《ガラス》から差し込む光が原因で、元々彼の瞳は漆黒《しつこく》だったことに気がついた。

「あ。東野《ひがしの》花純です……」

見とれる花純に、件《くだん》の彼、小修丸雪継もまたじっと花純を見つめ返す。

周囲の色彩を取り込む漆黒の瞳は潤みがある分、周りの景色を反射しやすいのだろうか。まるで万華鏡《まんげきよう》だ。気がつけば目を奪われてしまう。

「これはまた、綺麗《きれい》な男の子を見つけてきましたね。別流瀬《べるせ》さんの趣味ですか?」

「違いますよ。ご縁です」

表情はいつもの穏やかな笑みを浮かべる別流瀬だったが、言葉尻の強さから心外だと思っているのがなんとなく伝わってくる。

「別流瀬さん、新しいバイトが欲しいって前々から言ってましたもんね」

「ええ。近頃出張が多いので思い切って小修丸くんに私からお願いしたんです。昨日から働いてくれているのですが、とても助かっていますよ」

「有望な新人くんですね」

小修丸から目を逸らした花純は、赤いストローでグラスの中をくるくるとかき回した。

かちんと氷同士が微《かす》かにぶつかり合う。キャラメル風味のアイスコーヒーは甘さと苦さのバランスが絶妙で、好きな飲み物の一つになっていた。

「そのアイスコーヒーも小修丸くんが淹《い》れたんですよ」

「えっ。本当ですか？　すごく美味《おい》しいです」

「……ありがとうございます」

軽く頭を下げた小修丸は背筋をしゃんと伸ばし、食器磨きへと従事している。

切り揃《そろ》えられた真《ま》っ直《す》ぐな黒髪とそこから覗《のぞ》く白い耳に、小修丸から清廉《せいれん》な印象を受けた。黒い制服の襟元《えりもと》から覗く細いうなじは、どこか頼りなく、小修丸がまだ少年と青年の狭間《はざま》にいることを感じさせた。

何か言いたげな黒い瞳は花純を捉《とら》えてはいるが、小修丸の引き結ばれた唇は必要最低限のこと以外に開く気配はない。

それがもどかしくなり、花純から小修丸に話しかける。

「ねえ。小修丸くんっていくつなの？」

「十八です」

「やだ。うちの弟と同じ歳じゃない。小修丸くんって、もしかして高校生？」

「違います。この四月から大学生になりました」

「そうなんだ。大学はどこへ通って……」

「花純ちゃん、小修丸くんに構いすぎだよ」

店内清掃をしていた古井戸《ふるいど》が、花純の背後から突然話しかけてきた。

「わあ！　びっくりした。古井戸くん、いたの？」

「いたの？　じゃないよ。最初からいたよ。花純ちゃんが店に来た時、挨拶《あいさつ》したじゃない」

「ごめん。ニューフェイスのインパクトが強すぎて、古井戸くんの存在が抹消されてたわ」

「ひどすぎる」

モップを片手に溜め息をつく古井戸に、花純が素知らぬ顔でアイスコーヒーを啜《すす》る。

「そんなに落ち込むくらいなら、古井戸くんも会話に参加すればいいのに」

「いつか僕の存在に気がついてくれると思って、真面目に掃除してたんだよ。ちらちら視線を送ってたんだけど、わからなかった？」

「……全然わからなかった」

「はあ。昨日からさ、みんな小修丸くんの話題で持ち切りだよね。常連さん達も小修丸くん小修丸くんって、すごい人気だし……」

「そりゃあ、金魚館《きんぎょかん》に新人バイトが入るなんて私が通ってから初めてのことだし、なにより小修丸くん可愛《かわい》いから、常連さん達も興味があるんじゃない？　小修丸くんのことを構いたくなる気持ち、私もわかるもの」

「え」

花純の言葉に古井戸の表情が強張《こわば》る。

「花純さん。古井戸くんは、自分のポジションを奪われそうで拗《す》ねているんですよ」

ちらりと古井戸を一瞥《いちべつ》した別流瀬が、硝子のケーキ皿に盛りつけたタルトタタンを花純の前に置いた。

こんがりと焼かれた煮林檎《りんご》のタルトは艶《つや》やかで、花純の興味が小修丸から焼き菓子へと移る。

「古井戸くんって可愛がられポジションだよね。ここの常連さんは年配の方が多いし、みんなのアイドルみたいになってたじゃない」

「僕は別に、自分のことを可愛いとか、ましてやアイドルなんて思ったことないよ。そりゃ、いつか人気声優になりたいと思ってはいるけれど……」

「でも年下キャラは満喫してたよね。古井戸くん、私から見ても常連さんからすごくよくしてもらってると思うよ。でも、社員になったんでしょ？　これからは小修丸くんもいることだし、年上らしくもっとしっかりしないとね」

「社員といっても契約社員ですけどね」

一花《いちか》の件から、古井戸は変わった。仕事に対しての態度も、彼自身の性格も以前より遙《はる》かに前向きになっていた。

そんな古井戸の数カ月間の仕事ぶりを見ていた別流瀬から、この度契約社員の話を持ちかけられたのだ。

「これでもしっかりしてるつもりなんだけどな……」

反論する古井戸を尻目に、花純がタルトをざっくりとフォークで取り分け頰張《ほおば》った。林檎特有の甘酸《あまず》っぱさと、花のような香りが口いっぱいに広がる。

金魚館のケーキは業者製の物もいくつかあるが、大抵は店主の別流瀬のお手製である。きっとこのタルトタタンも別流瀬が焼いたものだろう。金魚館に通い出して一年以上経《た》つ花純は、これが別流瀬が作ったものだとなんとなく判別できるようになっていた。

「とにかく。僕は拗ねてなんかいませんから」

「あっそう。自分で思うならそうなんじゃない？」

「……ぐぬぬ」

「話を戻すけど、小修丸くんってどこの大学に通ってるの？　金沢《かなざわ》の子？　住んでる場所は？」

「大学は僕らと同じK大学で、法学部だよ。地元の子で、住んでる所は寺地《てらじ》だって言ってたよ」

「……なんで古井戸くんが答えるのよ」

小修丸と花純の間を遮《さえぎ》るように古井戸が割り込んできた。

一花の家族に感化されたのか、古井戸は自分の恋にも前向きになったらしい。

「花純ちゃんとお話ししたいから。今日、僕全然喋《しゃべ》ってないし」

「古井戸くんとはいつもお話ししてるじゃない」

「でも、今日はしてないよね？」

「っていうか、仕事しなよ。社員でしょ？」

「してるよ」

自分の存在をアピールしてくる古井戸に花純は些《いささ》かうんざりする。古井戸のことは嫌いではないのだが、会話を遮られるのは気分がよくない。

そこに、今まで無言だった小修丸が口を開いた。

「古井戸さんって面倒くさい人なんですね」

「え」

しん、と場が凍りつく。

五月になったというのに、体感温度が二、三度下がった気がした。

固まる古井戸を余所《よそ》に、表情を変えることなく食器を磨く小修丸を見ながら、別流瀬がどことなく満足そうに微笑《ほほえ》んでいる。

なるほど。

別流瀬がなぜ小修丸を雇ったのか、花純が察する。

空気の読めない古井戸には、小修丸くらいはっきり物事を言ってくれる同僚がいるほうが店にとってもいいのかもしれない。

「あはは。小修丸くんたら、そんな本当のことを……」

「花純ちゃんひどい。そして小修丸くんはもっとひどい」

「古井戸さん。アイスティーのストック切れてます」

「あ」

古井戸が恨み言を言う前に、小修丸がすかさず業務内容に話をすり替えた。

「今朝のアイスティーは若干クリームダウンしていました。紅茶は古井戸さんが担当なんですよね？　次淹れる時は注意をしたほうがいいと思います」

「……いや、クリームダウンは時間が経てば直ることもあるし」

「別流瀬さん。食器類全て磨き終わりました。在庫チェックに移ろうと思うんですけど、他にやることはありますか？」

「そうですね。昨日渡したメニュー表は覚えましたか？」

「はい。自宅で覚えてきました。大体は頭に入っていると思います」

「聞きましたか、古井戸くん」

「はあ」

アイスティーの件がひっかかるのか、不機嫌そうな古井戸に別流瀬が問いかける。

「質問です。今花純さんが飲んでいるフレーバーアイスコーヒーの価格はいくらでしょう？」

「……フ、フレーバーアイスコーヒーですか？　えっと……千円くらい、ですかね？」

「え！　このアイスコーヒーそんなに高いんですか？」

「しょ、消費税の分だよ」

「……古井戸くん。メニュー表を貸し出しますので今夜中に、必ず、全て覚え直してきてくださいね」

「三百八十円ですね」

「小修丸くん、正解です」

本当のコーヒーの値段に、花純がほっと安堵《あんど》する。親からの仕送りと家庭教師のバイトで金魚館に通ってはいるが、一人暮らしの身分なので出費はできるだけ少なくしたい。

二人の様子に不満げな古井戸が何か言おうとした途端、別流瀬が顔にメニュー表をぐいと押しつけてきた。

「むぐ」

「なんて顔をしてるんですか。お客様の前ですよ。笑顔でいてください」

「ええ……。小修丸くんだって笑顔ができてないじゃないですか」

子供のように口を尖らせた古井戸に、花純が空になったグラスを強引に渡した。

「彼はいるだけで可愛いからいいの」

「仕事もできますしね」

「贔屓《ひいき》だ……」

「どちらかというと、古井戸くんのほうが今まで随分贔屓されてたと思うよ」

花純の脳裏に古井戸の数々の失態が思い浮かぶ。

高価な食器の破壊に、繰り返されるオーダーミス、そして数々の失言。

よくクビにならないものだと、改めて店主である別流瀬の懐《ふところ》の深さを知る。

花純が指摘するたびに、これでもマシになったのだと呪文のように別流瀬は繰り返すが、客である花純でさえ店の信用問題に関わらないか不安になってくるほどだ。

「……別流瀬さんは古井戸くんに、なにか弱みでも握られているんですか？」

「そんなことはありませんよ」

そう笑顔で返す別流瀬の表情からは、相変わらず真意が読めない。

一応、何事もなくお店は存続しているようなので、花純もこれ以上追及するのはやめる。

「すみません。俺、笑顔が苦手で……」

申し訳なさそうに謝る小修丸に、花純の姉の部分が刺激される。

花純には小修丸と歳が変わらない弟がいる。姉弟《きょうだい》仲のいい花純には、小修丸が弟と重なって見えるのだろう。

少しぶっきらぼうなとこや、無口で真面目なところ。なにより弟も飲食店でバイトをしているのだと、前回東京に帰った時に母親から聞いていたので親近感を覚えていた。

ちょっと前まで子どもだったような気がするのに、あの子もバイトをするようになったのかと、花純が弟の成長を感慨深く思ったものだ。

「うーん。じゃあちょっと笑ってみせてよ」

「え……」

「私も前にファミレスでバイトしてたんだ。接客に笑顔はつきものだよ。ね、『ウィスキー』って言ってみて。『ウィスキー』の最後の『キ』の部分がちょうどよく口角が上がって、八分咲きの笑顔になるから。フルスマイルより印象がよく見られるんだよ」

「……こうですか？　……『ウィスキー』……」

ぎこちないが、小修丸が小さく笑顔を見せた。

なまじ顔が整っている分、口角が少し上がるだけで小修丸が更に魅力的に見える。頬が少し赤いのは、照れているからだろう。その様子が、また可愛らしい。

「わあ。うん、笑ったほうがいいよ。素敵だよ」

「そうですね。少し笑顔を見せるだけで随分感じが違いますね」

「……ありがとうございます」

小修丸の耳の先も、ほんのり赤く染まっている。

照れて俯《うつむ》いてしまった小修丸に、自分の弟もこんな風に働いているのかなと花純は微笑ましい気持ちになる。

花純の隣に立っていた古井戸も、小修丸に負けず劣らずぎこちない笑顔を作ってみせた。

「花純ちゃん。ほら、僕の笑顔。どうかな？」

「……かわいくない」

「え」

ショックを受ける古井戸をあえて無視して、別流瀬にコーヒーのお代わりを頼む。

「まあまあ。花純ちゃん、古井戸くんも彼なりに一生懸命なんですよ」

「一生懸命なのはわかりますけど……というか、別流瀬さんは古井戸くんに甘過ぎです」

「甘過ぎ、ではないと思うんですけどね」

意味ありげに微笑む別流瀬に、古井戸がびくっと怯《おび》える。

別流瀬がこんな表情をする時は、大抵なにか企《たくら》んでいる時だ。

「彼にはお給金の分はきちんと働いてもらっていますし」

訝《いぶか》しげな視線を送る花純に、別流瀬が古井戸の両肩を摑《つか》み花純の前へと押し出した。

「それじゃ、こうしましょうか。花純さん、まだ兼六園《けんろくえん》に行ったことがないとおっしゃっていましたよね。古井戸くんに金沢案内をさせましょう」

「へ？」

「明後日くらいがいいですかね。ちょうど花菖蒲《はなしようぶ》も見頃ですし」

「いやいや。明後日ってそんな突然……」

「僕なら休みだし大丈夫だよ」

「あ、そう……」

聞いてもいないのに古井戸が自分の予定を伝えてくる。

「古井戸くんもこう言ってることですし、案内を任せてみてはいかがでしょう。それとも、明後日は何か予定が入っていますか？」

「いや……明後日は、……って、まあ予定はないんですけど……」

「なら是非」

明後日の予定は確かに何もないので、断る理由が見当たらない。

実直な花純は、嘘《うそ》をつくのが苦手だ。

強要されるのは苦手だし、面倒だなとは思いながらも、別流瀬の押しの強さにはどうにも敵《かな》わない。仕方ないと、花純は申し出を受け入れることにした。

「明後日は晴れだって天気予報で言ってたよ」

嬉《うれ》しそうな古井戸に、有無を言わせない別流瀬の笑顔。無関心を貫く小修丸に助けは期待できそうになかった。

「ひがし茶屋街に兼六園に、それから美味しいお鮨屋《すし》さんを紹介するね」

「お鮨？　わあ。それは食べたいなあ」

「でしょ？　今なら甘鯛《あまだい》にのどぐろが旬だよ。そうだ、花純ちゃん甘いもの好きだよね。美味しい老舗《しにせ》のフルーツパーラーでパフェも食べようか」

「えっ、パフェ？　いいね。行こう行こう」

乗り気ではなかった花純だったが、食べ物の話は別だったらしい。旬の寿司ネタやパフェの話に目を輝かせる花純の姿に、古井戸の小修丸に対する焦りもどこかへ飛んでいったようだ。

「でも古井戸くん、車持ってたっけ？」

「あ」

「金沢って車がないと厳しくない？　私なら、周遊バスで観光するから大丈夫だよ」

「で、でも」

「では、私の車を貸しましょうか」

花純と出かけるチャンスを逃すまいと必死な古井戸の肩に、別流瀬がぽんと手を置いた。

「別流瀬さんの車って、あの大きい四駆ですよね？　古井戸くん、金沢の街なかであんな大きな車を運転できるの？　大分細いよね、道」

「無理です」

「じゃあこの話はなしね」

「わあぁ。ちょっと待って花純ちゃん」

「……俺、車貸しますよ」

流れそうになった話に、意外な人物が助け船を出した。背中を向けて在庫チェックをしていた小修丸だ。

「え？　小修丸くん免許持ってるの？」

「はい。春休みに取得しました。この辺は車がないときついんで」

「すごい。やっぱり、見た目通りしっかりした子だ」

まだ十八なのに免許と車を持っている小修丸に花純が驚く。

「そんなことないですよ。地元に残ってる友達も、みんな免許取ってますし」

「でも、自分の車も持ってるんでしょ？　すごいじゃない」

「いえ。親のを譲ってもらったんで、全然すごくないです」

「いやいや。しっかりしてるよ本当」

花純の弟やその友人達と比べても、小修丸はかなりしっかりしているほうだ。

「彼は跡取り息子ですからね」

「跡取り息子？」

「小修丸くんの家は大きな会社を経営してるんですよ。小修丸工業って聞いたことありませんか？　藤江《ふじえ》の交差点の先に大きなビルがあるでしょう。あそこがそうです。先日も、商工会や新幹線開通のニュースで小修丸くんのお父様が出ていましたよ」

「そ、そんなすごい子をどうやってスカウトしたんですか？」

「前々から彼のお父様直々《じきじき》に、息子を働かせてくれと頼まれていたんですよ。いい機会なのでお願いしてみました」

「……別流瀬さんの人間関係って、どうなってるんですか」

「秘密です」

くすりと笑った別流瀬は、相変わらずミステリアスだ。

「小修丸くんってすごいとこの息子さんだったんだねえ」

「全然すごくないですよ。すごいのは俺じゃなくて親父《おやじ》です」

別流瀬の発言に小修丸が居心地悪そうにしている。親のことを触れられたくないようだ。

「でも、将来はおうちを継ぐ予定なんでしょう？」

「自分にその資格ができたらそうしようとは思ってます。それまでは自分の力だけで頑張りたいんです。俺に資格がないと周りが判断したら、会社は他の方にお願いするつもりです」

「そんな、もったいない」

「もったいないとかじゃないです。無能な身内よりも相応《ふさわ》しい人間が上に立つほうがいいと、俺は思いますよ。生半可な覚悟で跡を継ぎたいなんて、言えないですよ」

　夜の海のような彼の黒い瞳が、ゆらりと揺れている。

「俺も祖父や親父のようになりたいので、死ぬ気で努力します」

　最初は、ただしっかりしているだけの男の子かと思っていた。彼の目を見ていると、そうじゃないとわかる。他の同年代の子と比べて彼は背負っている覚悟が違うのだ。

「小修丸くんなら大丈夫ですよ。仕事の飲み込みも早いですし、なによりお客様の気持ちになって次の行動を考えている。素晴らしいと思います」

「それは、働いている父や従業員さんを、小さい頃から見てきたからです」

「なるほど。あのお父様の傍《そば》にいたなら、なによりも勉強になったことでしょうね」

「はい。自慢の親です」

　先程の作り笑いと違い、小修丸が自然に微笑んだ。その笑みは年相応の男の子のもので、今まで見せていた彼の落ち着きや堅固な様子は、気を張っていたからだと理解ができた。

「親御さんを素直に尊敬できることは素晴らしいと思いますよ」

「……親」

　古井戸が、ぽつりと呟《つぶや》いた。

　そういえば、花純は古井戸から家族の話をあまり聞いたことがなかった。

　以前、大きなお店の息子だと別流瀬が言っていたのを思い出す。

ならば、古井戸も小修丸と同じ立場なのではないのだろうか？

「ねえ。古井戸くんの家族って……」

「小修丸くんの乗っている車種はなんですか？」

花純の言葉を遮るように、別流瀬が小修丸に質問する。

別流瀬は、人の言葉を遮るような無作法なことは基本やらないタイプだ。

あえて花純に発言を許さなかったのは、深く聞いてはいけないことだったのかもしれない。

「俺の車、そんなに大きくはないんで、大丈夫だと思います」

素直に答える小修丸に、笑顔の別流瀬。でも、別流瀬の瞳は笑ってなどいなかった。

ああ。やはり聞いてはならなかったのか。

そう察した花純は、言いかけた言葉をそっとのみ込んだ。


「花純ちゃん。はい、りんご飴《あめ》」

兼六坂《けんろくざか》上の交差点近くにある駐車場に車を停《と》めて、小立野《こだつの》口から兼六園に入園した花純の目に飛び込んできたのは、別世界のような見事な庭園だった。

ここ兼六園には松の木と桜《さくら》の木が数百本以上植わっている。本日は晴天で、真っ青で透明感のある空に葉桜と松の緑が眩《まぶ》しい。そのコントラストに、花純はしばし目を奪われた。

幕末からある兼六園。きっと今見ている空も桜も当時と変わらないのだろうし、同じものを見て同じように美しいと昔の人も感じていたのかもしれない。

「花純ちゃん？」

「あ、ごめん。りんご飴、もらうね」

真っ赤なりんご飴を古井戸から受け取る。

古井戸の節ばった指は意外にも長く、花純の手に触れる前に、ぱっと離れた。

赤い飴に閉じ込められた林檎は硝子細工のようで、花純が躊躇《ためら》いがちに齧《かじ》りつけば、外側の薄い飴がぱりんと割れた。甘さと林檎の酸っぱさが、口内にじわりと広がる。硝子なんて食べたことはないが、りんご飴を齧るたびに薄い硝子を食べている錯覚に陥《おちい》る。

「美味しい？」

余程ぼうっとしていたのだろう。不安そうに覗き込んでくる古井戸に、花純が笑う。

「美味しいよ。まさかりんご飴の屋台があるなんて思わなかったよ。なんだかお祭りみたいだね」

「そうだね。歩き疲れたら中にある茶店でお茶にしようか。お抹茶《まっちゃ》や甘酒、それから冷やし飴もあるよ」

「えっ。甘酒大好きなの。むしろ今から行きたいかも」

「それは早すぎるよ。もう少し園内を散策してから行こうね」

古井戸とりんご飴を食べながら園内を散策する。

「四月に来たら、満開の桜を見せてあげられたのになあ。残念だよ」

「うん。そうだね……」

花純が眩しそうに抜けるような青い空を見上げた。

「でも、すごい数の木だね。まるで森みたい。そのせいかな。建物が全然見えないから、なんだか江戸時代辺りにタイムスリップした気分になるよ」

「ここは、たくさんの木が植わってるからね。梅《うめ》とか紅葉《もみじ》とか。その代わり、落雷が怖いけど」

「石川県って、全国で一番雷が多いんだっけ」

「うん。世界でも有名な落雷地なんだって。地元じゃ『雪おこし』って言うんだけど、雪の日に雷が落ちるって稀《まれ》みたい。僕は普通だと思ってたよ」

「そういえば、昨日の夜も雷が鳴ってて怖かったなあ。私、雷って苦手」

「言われたらそうだったような。ここに住んでたら雷なんて当たり前だから、慣れるんだよね」

「そんな慣れ、嫌すぎる」

昨日の雷が嘘のように、今日の空は雲ひとつない快晴だ。

川に架けられた花見橋《はなみばし》を渡ると、いくつかの小島が見えてきた。その一つに赤い鳥居が建っている。

「古井戸くん、あの鳥居のある島はなに？」

「あれは鶺鴒島《せきれいじま》だよ」

「鶺鴒って鳥の？　なんで？　鶺鴒の住み処《すか》とか？」

「うーん。イザナミとイザナギの話で鶺鴒が出てくるお話、知らない？」

「知らない」

りんご飴を齧りながら、花純が興味深げに鳥居を眺める。

「ええと。その……鶺鴒の姿を見て、イザナギとイザナミが夫婦になったっていう話があってだね」

「なんで鶺鴒の姿を見て夫婦になるの？」

「……鶺鴒さんから教わったらしいよ……色々と」

「色々？」

「花純ちゃんはそういうところ、容赦なく突っ込んでくるよね……」

あははと力なく笑う古井戸にも、花純の好奇心は誤魔化されない。真っ直ぐな花純の視線に、古井戸が観念したように溜め息をついた。

「……仕方ないなあ。ヒントは鶺鴒の昔の読み方だよ」

「『せきれい』以外の読み方ってあるの？」

「あるよ。鶺鴒って『にはくなぶり』って呼ばれてたんだって。花純ちゃん、国文学で日本書記やってなかった？」

「やってたような、やってないような……」

花純の心許《こころもと》ない返事に、古井戸が苦笑する。

「……『にはくなぶり』の『には』は、俄《にわか》のことね。急にとか突然って意味。で、『くな』はお尻のこと。最後の『ふり』は、そのまま。……もうわかった？　それを見て、イザナミとイザナギは……ごにょごにょ……の、ヒントを得て子供を授かったっていう……ははは……だから子孫繁栄にご利益があるっていうか……とにかく、すごい鳥居なんだよ……」

頬を赤らめながら、古井戸の語尾がどんどん小さくなっていく。

「わかった。つまりあれでしょ？　子供の作り方を教えてもら……」

「うん！　そうだね！　理解してもらえたようでよかった!!　次行こう次」

思春期の男子のように顔を真っ赤にし、古井戸が花純の手を取り先へと急ぐ。

「古井戸くん、手。ごめん、ちょっと痛い」

「うわ！　ご、ごめんね」

摑んでいた手をぱっと放し狼狽《うろた》える古井戸を見て、花純が大笑いする。

「あはははは！　古井戸くん、顔真っ赤。あはははは」

「なんだよ。僕はこういうデリカシーのない話は苦手なんだ」

「ふふ。古井戸くんらしい」

花純のことを気にしながらも、赤くなった顔を見られないように古井戸が先へ進む。

古井戸と歩きながら花純はその横顔をそっと盗み見る。

言動と眼鏡のせいで隠れてはいるが、古井戸も金魚館の他のメンバーに負けず劣らず美形だったのを忘れていた。

インドア派なせいか、古井戸の肌は女の花純が羨《うらや》むほどに白い。眼鏡の奥の切れ長の瞳は伏せられ、睫毛《まつげ》の長さにドキリとする。空の青さと初夏の新緑の色彩が古井戸の容姿と相まって、なんだか知らない男子のように思えた。

古井戸の着ている水灰色のパーカに、木漏れ日が落ちる。その美しい佇《たたず》まいに古井戸と初めて会った時を想起し、花純が軽く頭を振った。

初対面の時、なんて綺麗な人なんだろうと、花純は古井戸にときめいたことを思い出した。

「ふ、古井戸くん、随分詳しいんだね。別流瀬さんが案内を頼むのもわかる気がする」

「ああ。ここら辺はうちの親戚《しんせき》が多いから。よく知ってる」

「そうなの？　いいなあ。こんな素敵な場所が近くにあるなんて」

四季折々の兼六園にぶらりと来れたら、さぞ風情があって楽しいだろう。

今は花菖蒲が見頃だが、春や冬の兼六園も花純は見たくなった。

古井戸の親戚はどのような人なのだろう。前に家族について尋ねた時、別流瀬に制止されたので花純は聞きたくても聞けずにいた。

（大きな家の息子って言ってたけど、小修丸くんみたいな感じなのかな）

黙っていれば、そう見えるかもしれないと花純は改めて納得した。

「子供の頃からよく来てたの？」

「うん。ここしか、行くあてがなかったからね」

「え？」

「僕は、家族の中で不要な存在だから」

霞《かすみ》ケ《が》池《いけ》に浮かぶ、花菖蒲の青色の花弁が風に吹かれふわりと流れた。

溜め池ではないこの池は、犀川《さいがわ》を水源としている。ならば、行き先はここではない、また別のどこかなのか。

「不要って……いらない家族なんていないよ。いるわけないいじゃない」

「いるんだよ」

古井戸の瞳の色を、今まで花純は知らなかった。彼はいつも眼鏡をかけているし、あまり人と目を合わそうとしないから。

眼鏡の向こうの、自分を真っ直ぐ見つめる古井戸の瞳の色は、深い深い群青《ぐんじょう》色だった。哀《かな》しみや淋《さび》しさ、そんな感情はうかがえない。暗い場所は居心地がよすぎて、本人もわからなくなったのだろう。

雲間から漏れる光が、銀色の針となり古井戸に突き刺さる。

「家に、帰れなくてね。というか、……帰りたくなくて。夜になっても、誰も僕を迎えになんて来てくれなかったな。でもそれが、当たり前になって、だから僕も当たり前だと思った。けど、淋しくなかったよ。ここは、人が大勢いるから、みんなの会話を聞いてるだけで、楽しかったから」

「古井戸くん……」

「他県から来た観光客や、お父さんとお母さんと子供達で桜を見に来た家族連れとか。息子夫婦を連れて五十年ぶりに訪れたおばあちゃんの会話をね。聞いているだけで、僕まで楽しくなれたよ。僕が兼六園に詳しいのは、観光客を案内するガイドさん達の話を、こっそり聞いてたからだよ」

園内はお祭りのように賑やかなのに、古井戸の瞳だけは停滞する水のようにしんと静まり返っていた。

「花純ちゃんは、幸せだね」

「え？」

「僕は、一人だから」

花純を置き去りにして徽軫灯籠《ことじとうろう》の反り橋を歩く古井戸の姿が、水面に映る。

水の中の彼は軽薄に笑っているように見えた。まるで、古井戸が二人いるみたいだ。花純には、それが裏腹な彼の心のように思えた。

上流から瀬落としの音が聞こえる。まるで琴が奏でる音色のように、繊細で凛《りん》とした瀬音が、二人の間に静かに響いた。

「一人って……」

「僕は、一人がいいんだ。一人でいたい」

「一人でいたいなんて、そんな強がり言わないでよ」

古色蒼然《こしょくそうぜん》とした佇まいの中に、花純の赤いワンピースが映える。そんな花純の姿を、古井戸は眩しそうに見つめた。

「やり直しがきかないことだって、あるんだよ」

古井戸が笑う。

その笑顔が、儚《はかな》くて。消えてしまいそうで、不安になる。

「……古井戸くん」

咄嗟《とっさ》に花純が古井戸のパーカの裾《すそ》を掴んだ。

「どうしたの？　花純ちゃん」

「古井戸くんは、ここにいるよ」

「……！」

皺《しわ》になりそうなくらい強く掴んで放さない花純の手を、古井戸は振り払おうとはしなかった。

「……うん。ありがとう」

そうして、また微笑んだ古井戸の笑顔は、ぎこちなかったけれど先程よりずっと穏やかに見えた。

そのまま氷室《ひむろ》跡へと進路を変更し、出口へと向かう。

「次はどこへ行こうか？」

振り向いた古井戸の表情は、もう普段の自信のない彼に戻っていた。


「泣きたいくらい美味しい……」

サクランボで埋め尽くされたパフェを、花純が一口頬張り感嘆《かんたん》する。

「ここのパフェは本当に美味しいから。金沢で一番美味しいと思うよ」

「本当に本当に美味しい！　このサクランボのパフェ、甘くてみずみずしくて、とても美味しい……ああもう、語彙《ごい》力が足りなくて表現できない……」

パフェを一口食べるたび、花純が嬉しそうに笑う。先程、兼六園では微妙な雰囲気になってしまったが、パフェのおかげで挽回《ばんかい》することができた。甘い物は偉大である。

「余計な物を使ってないとこがいいよね。アイスと生クリームと旬のフルーツだけってお店、あんまりないんだよねえ。実は、金魚館で出してる僕が作るパフェは、ここのお店のパフェを参考にしてるんだよ」

花純は旬のサクランボパフェ。古井戸はブレンドコーヒーと、フルーツがどっさり載ったケーキを頼んだ。

「……美味しい物を食べると、どうしてこんなに幸せな気持ちになるんだろう」

真っ赤に色づいたサクランボは綺麗で、食べてしまうのがもったいなく思えた。見た目も味も完璧なパフェに花純の心が躍《おど》る。

「五月はサクランボだけど、七月は桃だったり、月ごとにパフェが変わるんだ。色々食べたけど、僕は水蜜桃のパフェが一番好きかな」

「是非また来よう！」

「う、うん」

突然、花純にがしっと手を摑まれ、古井戸が動揺する。

「な、なんだか僕達、デートしてる恋人同士みたいに見え……」

「っていうか、こんなに金沢を満喫していいのかなあ。小修丸くん、入ったばっかりなのに、別流瀬さんと二人でお店回していけてるのか心配。でも、別流瀬さんがいるし大丈夫だよね？　小修丸くんは、あの年齢にしてはすごくしっかりしてるし、平気な気もするけど、どうだろう？　ねえ古井戸くん、どう思う？」

「……花純ちゃん。この前から小修丸くんの話をしすぎ」

「そう？」

せっかくのいい雰囲気を小修丸の話題で邪魔をされ、古井戸があからさまに不機嫌になる。すぐに古井戸から手を放した花純は、また夢見るように絶品パフェを食べ出した。

「今は僕といるんだから、僕のことを考えてほしいなあ」

「うーん。……多分、小修丸くんがうちの弟と雰囲気がよく似てるからだと思う」

「弟？」

「うん。小修丸くんほどカッコよくないけどね」

「そっか。花純ちゃん、小修丸くんを弟と重ねてたんだ」

弟と聞いて、古井戸がようやく納得する。

「花純ちゃん、弟さんのことが大好きなんだね」

「そうだね。本人を前にしたら言えないけどね。こんなこと知ったら、うちの弟、調子に乗りそうだし。それに……」

「それに？」

お行儀悪く花純はパフェスプーンを咥《くわ》えながらしばし黙る。

「……実は、私ね。最初、弟のことが大嫌いだったの」

「え。そうなの？」

「そうだよ。だって弟が生まれるまで両親の愛情を私が独り占めしてたんだもん。邪魔者にしか思えなかったわ」

「……邪魔者」

古井戸の表情が花純の言葉で再び陰《かげ》る。

『僕は、家族の中で不要だったんだよ』

古井戸の、抑揚のない声が花純の耳に淋しく反響する。

(これじゃ、私も古井戸くんの失言のこと言えないな)

気まずくなり視線を窓に移せば、やけに綺麗な青空が見えた。

「邪魔者は、言い過ぎたかも。……弟が生まれた頃、私はまだ幼稚園児だったから。子供って独占欲すごいじゃない？」

「わかる。子供って独占欲強いよね」

「わかってくれる？」

「うん。前に小さい女の子を連日接客したんだけど、すごく我が儘でびっくりしたもん」

一花との出来事を思い出し、古井戸はコーヒーカップに口をつけた。正確に言えば、少女の幻影なのだが。ブレンドとブルーマウンテン以外、未《いま》だ珈琲《コーヒー》は上手《うま》く淹れられない。

「花純ちゃんは、……今も弟が大嫌いなの？」

探るように聞く古井戸に、花純が努めて明るく答えた。

「ううん。今は仲いいよ」

「そう。なにかきっかけでもあったの？」

「うん。おばあちゃんに、魔法のお菓子をもらったからかな」

「……魔法のお菓子？」

コーヒーカップを持っていた古井戸の手が、ぴたりと止まる。

「そう。魔法のお菓子」

「魔法の、お菓子……」

メロンにマンゴー、それからオレンジ。色とりどりの新鮮な果物がたっぷりあしらわれたフルーツケーキは、まるで宝石箱のようだ。そんなお菓子を想像しながら、フォークで切り分けたケーキを古井戸は一口食べた。

「本当にね。夢みたいなお菓子なの」

「ふうん」

「まるい紅白のお菓子でね。中にいろんなものが詰まっててね」

「玉子型のチョコレートに、玩具《おもちゃ》が入ってるみたいな？」

「そうそう。そんな感じ。そういえば、玩具も入ってたよ」

「も、ってことは、他にも入ってたの？」

「うん。……金平糖《こんぺいとう》でしょ。お魚でしょ。人形でしょ。おはじきに、双六《すごろく》に賽子《さいころ》。それから、うさぎに鳥に、もう色々」

「それ、花純ちゃんの空想じゃなくて？」

「違うよ。ちゃんとあったんだよ。しかも、金沢のお菓子なの」

「え。……そんなお菓子、地元にあったかな？」

古井戸の記憶の中に、そのような菓子はない。思い浮かぶのはフォーチュンクッキーくらいだ。

「あったよ。私、食べたもの。隣に住むおばあちゃんがね、金沢からお嫁に来た人だったの。故郷のお菓子だよって、私に一つくれたんだ。嬉しかったなあ」

もうすでにパフェを食べ終わった花純が、頰杖をつきながら懐かしそうに目を細めた。

「弟のことを好きになったきっかけなんだけどね。私、お母さんが妊娠してた時から、弟の存在が疎《うと》ましかったんだ。『花純はお姉ちゃんになるのよ』って、言われてもね。中には嬉しいって子もいると思うけど、私は嫌で嫌で仕方なかったな。お母さんの子供は私だけで十分だって、思ってた」

「……………」

「よく言うじゃない？　『お姉ちゃんだから我慢しなさい』とか『お姉ちゃんだからできるわよね』みたいな『お姉ちゃんだから』って言葉。私、あの言葉、苦手だな。別に、なりたくてなったわけじゃないし」

空になったパフェグラスの向こう、花純の愛らしい顔が歪《いびつ》に映る。

「弟が生まれた日は、お正月でね。みんなすごく忙しくて、産気づいたお母さんをお父さんが車で病院に連れていったの。私は、隣の家のおばあちゃんに預けられて……両親の実家は飛行機の距離だったたし、預けられる所がなかったんだろうね。今思うと隣のおばあちゃんってだけの関係だったのに、他人の子供をよく預かってくれたよね。なんだか申し訳ない気持ちになるなあ。でも、……本当に、優しい人だったな」

グラスについた水滴が、ぽたりと落ちた。

「大好きなおばあちゃんに預けられたのは嬉しかったけど、正直、お母さんに捨てられた気分になったよ」

「……そんなことないよ」

「うん。今はもうわかってるよ。お産で苦しいのに、私のことに構ってる場合じゃないよね。出産って命がけだって聞くし。でも、私は子供だった上にバカだったたから。行かないで、ここにいてって、我が儘言っちゃったの」

当時のことを思い出しているのか、花純の表情が切ないものに変わる。グラスからまた流れた雫《しずく》が花純の顔に重なって、一筋の涙に見えた。

「でも、私を残してお父さんと出て行ったあと、どんなに泣いても戻ってきてくれなかった。だから、私が我が儘言う悪い子だから仕方ないのかもって」

「花純ちゃんの気持ち、僕はわかるよ」

「ふふ。古井戸くん、いつもは頼りないけど、なんだか今日は頼もしいね。いろんな場所を案内してくれたし、正直、こんなにちゃんとしてくれるなんて思わなかったよ」

「花純ちゃん。一言余計」

やっと笑顔になった花純に古井戸もどうしていいかわからず、ぎこちなく笑ってみせた。

「玄関でずっと泣いてたらね。おばあちゃんが来てくれたの。泣きじゃくる私をね、いいこいいこしてくれたの。こう、優しく頭を撫《な》でてくれてね。私、素直じゃない性格してるじゃない？　つい『私はいい子じゃない！』って、言っちゃったの。本当はすごく嬉しかったのにね。あー。思い出すと、かなり可愛くない子供だわ」

「そんなことないよ。聞いてるだけで可愛いし、いい子だよ」

「そう？　……古井戸くんって、おばあちゃんと同じこと言うのね」

「同じこと？」

「うん。『あら、かわいや』って、おばあちゃんも私のこと、可愛いって言ってくれたなあ」

「……おばあちゃん、金沢の人って言ってたよね」

「そうだけど」

「それ、金沢弁なら可愛いだけの意味じゃないと思う」

「え？　可愛いじゃなかったってこと？」

いつぞやの金魚《きんぎょ》さんの『いとしげに』の件を思い出して、花純の顔が強張る。

もしや、真逆の意味だったのか。

「……私、勘違いしてたかも。うわあ。自分のこと、可愛いって思ってたなんて子供の頃から自意識過剰すぎる。どうしよう、黒歴史がまた増えてしまった……」

固まる花純を見て、慌てて古井戸が訂正する。

「いやいやいや。そうじゃなくって、可愛いって意味ももちろんあるんだけど『かわいや』って、小さい子が怪我したりとか風邪をひいた時に、可愛いけどいじらしいって意味で使うんだよ」

「あ？　そうなの？」

安堵した表情を見せる花純に、古井戸もほっと胸を撫で下ろした。

「そんな意味もあったんだ……知らなかった」

「そのおばあちゃんにとって、花純ちゃんは本当に可愛くていじらしかったんだと思うよ」

思い出を紐解《ひもと》く古井戸の言葉は、優しくて懐かしさを帯びていた。

「方言って温かいね。私、金沢の言葉、好きだな」

「いつも使ってる言葉だから、自分ではよくわからないけどね」

「そういえば、古井戸くん。私やお客さんの前では標準語だね」

「そりゃあね。僕だって合わせるよ」

「あはは。古井戸くんの金沢言葉、いつか聞いてみたいな。ね。方言で喋ってみてよ」

「そんなこと言われたら、意識して話せないよ」

花純と古井戸の間に漂う雰囲気が穏やかなものに変わる。ゆったりとした午後の昼下がり、窓から射《さ》す光はとろんとした蜂蜜《はちみつ》のようだ。

「おばあちゃんの家に、手を繋《つな》いで連れてってもらってね。それでも、私があんまりにも泣くものだから、おばあちゃんがね、お菓子をくれたの」

「さっき言ってたやつ？」

「そう。びっくり箱みたいなお菓子。あんな不思議なお菓子を見せられたら、どんな子でも泣きやんじゃうよ。頑固な私でさえ、笑顔になっちゃったもん」

はにかんだ花純の表情はあどけなく、きっと子供の頃から変わらない笑顔なのだろうと古井戸は思った。

「あのお菓子が、また欲しくて。金沢に来てから探してるんだけど、全然見つからないの」

「金沢のお菓子じゃないんじゃない？」

「ううん。おばあちゃんが金沢のお菓子だって言ったのをはっきり覚えてるから、間違いないよ」

確信を持って言う花純に、古井戸が首を傾《かし》げる。

「それじゃ、近くのデパートにお土産が揃ってるテナントが入ってるから行ってみる？」

「行く！」

間髪容《い》れずに答えた花純はすでに椅子から立ち上がっており、その姿に苦笑しつつ伝票を摑んだ古井戸も会計を済ませるためにゆっくりと立ち上がった。


「……ないねえ」

一面に並ぶ銘菓や名産品の数々を見ながら、あれでもないこれでもないと古井戸に連れられた花純が店の中をぐるぐると歩く。

「あ。このお饅頭《まんじゅう》すごく美味しいんだよ。黒糖が入っててね」

「今はお饅頭じゃなくて、魔法のお菓子だよ」

「でも、全然見つからないよ。さっきから同じ場所を十周はしてるよね」

「ここにないだけで、別のお店にあるのかも」

「うーん。……そもそも、存在しないんじゃない？」

思い出のお菓子に執着する花純を、探し疲れた古井戸はつい視《み》てしまった。

折り紙、鶴、加賀友禅《かがゆうぜん》のお手玉。

雪国出身特有の白い肌に、ちりめん皺が目立つ初老の女性。あの人が花純の言っていた『おばあちゃん』だろうか。

そのおばあちゃんと、赤や青の透明なビー玉で遊ぶ幼い花純。

まるい紅白のお菓子をぱりんと割れば、中から飛び出したのは真っ赤な鯛、色とりどりのおはじき、金平糖、日本人形、砂糖をまぶした甘い和菓子達。

それは映画のワンシーンのようで、まるで現実味がない。

畳の部屋、赤い毛氈《もうせん》の上。桜や梅の花を閉じ込めた漉《す》き和紙。様々な形のお菓子が飛び出る様子に、古井戸は確信した。よくある子供の誇大妄想だと。

花純は淋しくて泣いたと言っていた。そんな時に与えられた菓子は、子供心に特別なものだと感じるかもしれない。

思い出に優しさや想いが加算され、より大切で特別なものに記憶が改竄《かいざん》されてしまうことはままあることだ。

「存在しないって、どういうこと？」

「空想だよ」

「え？」

「花純ちゃんは、おばあちゃんのことが大好きなんだよね？　だからこそだよ。まだ子供だったたんだし、そんなお菓子があるって空想しても仕方ないよ」

「ちょっと待ってよ。どうしてそうなるの？」

「ないものを探しても、時間の無駄だから……」

戸惑う花純に、古井戸がはっきりと告げる。

「花純ちゃんの記憶は本物だと思うけどね」

「だから、私の妄想ってこと？」

「ええと、ありもしないものを探し続けるのはもうやめにしない？　だって、そんなお菓子は存在しないんだし……」

「……違う」

「え？」

「違うよ。あるんだよ」

てっきり、本当のことを告げたら花純が諦《あきら》めてくれるものだと思っていた。古井戸が、花純の言葉に驚く。

「私にとって、おばあちゃんとの思い出は大切なものなの」

「それは知ってるよ。でも……」

「そうじゃなくて」

強く睨《にら》みつけるような花純の目が、ふいに潤む。

あ。泣いてしまう。

やっと花純の状態に気がついた古井戸は自分の言動を後悔したが、花純は泣かなかった。

ただ、苦しそうに眉根をひそめ、古井戸から視線を逸らさず見つめ続けた。

「……おばあちゃん、もういないの」

「え？」

「おばあちゃんは、私が小学生の頃に、死んじゃったの」

でも、生きていた。花純の中で、鮮やかに。

古井戸の視界が歪《ゆが》む。世界がぶれる。

『私達には見えないものが、生きているように視えているんでしょうね』

別流瀬の言葉を思い出す。

そうだった。自分は、以前もそこにいない者が視えていたことがあった。

「おばあちゃんの家は、もうないの……。私とおばあちゃんを繋ぎとめる思い出は、このお菓子しか、ないの」

「でも、そんなお菓子はなかったよね？　僕にも覚えがないもの。もしかしたら、金沢のお菓子じゃないのかもしれない」

「ううん。そうじゃないんだよ。古井戸くん」

「……ごめん。僕……」

「たとえ、私の空想だとしても、おばあちゃんがくれた思い出のお菓子はあるよ」

「でも、……探しても見つからないかもしれないんだよ？」

「大事な部分はね、持ってるから。存在したらいいなって、信じさせてよ」

普段気が強い花純らしくない今にも泣き出しそうな様子に、古井戸の胸が息苦しさで塞《ふさ》がれる。

花純にかける言葉が見つからない。それでもなんとか言葉を探そうと、古井戸は言葉にならない言葉を紡《つむ》ごうとするが、花純に渡せる言葉が思いつかない。言葉にしなければ、想いだけでは届かないこともある。嫌というくらい古井戸は知っていたのに、焦れば焦るほど言葉にならない。

「だから、もういいの。私は、探すのをやめないから」

古井戸に背を向けて、店の扉を花純は真っ直ぐに目指す。

「帰るの？　このあと、海を見に内灘《うちなだ》に行くんじゃ」

「行かない。今日はもう帰るよ」

振り返った花純の瞳は、哀しみで満ちていた。照らす午後の光は夕暮れが近いのか、黄色に朱が入っていた。

「さよなら」

「……花純ちゃん」

別れの言葉を呟いた花純が、硝子戸の向こうへ行ってしまう。透明で姿は見えるのに、花純と自分を隔てる硝子は硬くて冷たい。

「…………」

なにも言葉を渡せない古井戸に、これ以上花純を引きとめる術《すべ》は見つからなかった。


「どうして、いつもこうなんだろう」

花純と別れたすぐあと、古井戸は車を小修丸に返すために日曜の金魚館に顔を出した。カウンター席で突っ伏している古井戸に、別流瀬がメニュー表を差し出す。

「古井戸くん。今日は働きに来たのではなくお客様なんですよね。何かオーダーしてください」

「食欲がないです……」

「でしたら、コーヒーはいかがですか?」

「今コーヒーなんて飲んだら、胃に穴があくかもしれません……」

「なにしに来たんですか、あなたは」

「癒《いや》されに……」

「客じゃないならお帰りください」

「癒されないし、むしろ傷ついた」

うっうっと泣き出した古井戸に、別流瀬も小修丸も同情をしない。

午後の混雑する時間帯に、古井戸の存在は迷惑以外の何ものでもなかった。

「古井戸さん。邪魔です。何も頼まないのなら、その塞いでいる席をお客様に譲ってください」

「うわあああああん」

ぴしゃりと小修丸に指摘され、古井戸は泣きながらカウンターにしがみつく。

その様子から、素直に帰る気がないらしいことをうかがい知ることができ、別流瀬ははあと軽く溜め息をついた。

「小修丸くんの言う通りです。うちは座席数が多いほうではないですから、お待ちのお客様に譲ってください」

「別流瀬さんまで僕のことをいじめる……やっぱり僕は必要ないんだ……」

「申し訳ないですが、今は混雑する時間帯なんです。それとも、手伝ってくれますか?」

「……今の状態で接客したら、九谷焼《くたにやき》のカップを確実に三客くらい割りそうですが、それでよければ」

「帰ってください」

「そんなひどい」

「話なら、また時間のある時に聞きますから。どうせまた、花純さんを怒らせてしまったんでしょう?」

「えっ。なんでわかるんですか?」

「君がそこまで落ち込む原因は、大抵花純さんですから。それに、今日は朝から金沢を案内する約束を花純さんとしていましたよね。夕食まで花純さんとご一緒する予定だと聞いていましたけれど、あなたはどうしてここにいるんですか?」

「別流瀬さん。古井戸さんから先程車を返してもらいました。つまり、そういうことかと」

カップにコーヒーを注ぎながら、小修丸が事実を淡々と述べる。

「……あんなに私がお膳立てしてあげたのに、君って人は」

頭が痛むのか、別流瀬が眉間《みけん》に長い指を押し当てた。

『魚の目玉は硝子色
青白赤色
海の色

この世の幸いどこにある
空の向こうか海の果て
だけれど幸いここにある』

やることもないので、古井戸は壁に貼ってある金魚の詩を眺めていた。

「幸いってどこにあるんだろう。ここにあるなんて嘘だよ。とりあえずここにはないよ」

ひっきりなしにお客が出入りする店内は、ほとんど座席の空きがなくなってきている。

目を閉じる。目を開く。瞬きを繰り返す。

カウンターに突っ伏し見える視界には、知らない足がたくさんだ。出たり入ったりしているのに、古井戸だけがここに停滞している。帰れと促《うなが》されているというのに、いつまで経っても立ち上がれない。

眉間に力を籠《こ》め、古井戸は他の人には見えない世界を自分だけ視る。

小さい頃からの癖だ。この世界から放り出された気分になると、違う世界を視てきた。

こうしていると、他にも受け入れてもらえる場所があるんだと、安心するのだ。

二重になった世界をしばらく視続ける。斜めの視界には、たくさんの足が行き交っている。一方の世界はなにもない。もうどれが、今自分のいる世界の存在なのかがわからない。なにもかもがあやふやになって、なにもかもがどうでもよくなる。

花純を傷つけただろう、記憶も消えてしまえばいいのに。

「……隣、いいですか？」

二つの世界の狭間で微睡《まどろ》んでいると、後ろから声をかけられた。

どの世界の人間かはわからないけれど、一応、返事をしておく。今更、周囲にどう思われたって構わない。一番嫌われたくない女の子に、嫌われてしまったのだから。

「あ、どうぞ。僕もう帰りますから……って」

「お疲れさまです」

私服姿の小修丸が、古井戸の目の前に立っていた。漆黒の瞳に、項垂《うなだ》れる古井戸の姿が映し出されている。

「小修丸くん、さっきまでそこで働いてたよね？　なんでここにいるの？　いつの間に……」

「定時になったので、別流瀬さんから帰るように言われたんですよ。お客様の波もやんだようですし」

ちらり、と古井戸が柱にかけられた年代物の振り子時計に目をやれば、すでに午後五時を過ぎていた。古井戸が金魚館へ来てから、かれこれ二時間は経とうとしている。

「別流瀬さん、ブレンド二つお願いできますか？」

「二つ、ですか。……小修丸くんは優しいですね」

にっこりと別流瀬が笑い、小修丸からのオーダーを受ける。

「ちょっと待って。そのコーヒーってもしかして僕の分？」

「そうですよ」

「まさか僕に奢《おご》る気じゃないよね？」

「そのつもりですけど？」

「自分で払うよ」

「なら、最初から注文してください」

「………………」

「ブレンド二つ、お待たせしました」

ふわりと立つコーヒーの芳《かぐわ》しい香りに、古井戸のぶれた感覚が徐々に引き戻される。

素知らぬ顔で、小修丸が淹れたてのブレンドに口をつけた。

「で、何があったんですか？」

「なにって……」

「俺、古井戸さんに車貸しましたよね。知る権利くらいあると思うんですよ」

一口二口と珈琲を飲む小修丸から、叱《しか》られた子供のように古井戸が顔を背けた。

「花純さんと、なにかあったんですか？」

「……まあ」

「…………」

「…………」

「………………」

進まない会話の代わりに、二人のカップの中のコーヒーがどんどん減っていく。

ちょうど、カップが空になりそうだった時、別流瀬が話しかけてきた。

「古井戸くん。話してもいいんじゃないですか？　小修丸くんは悪い子じゃありませんよ。それは、ここ数日一緒に働いていたあなたが一番よく知っているでしょう？」

「それは……」

隣に座る小修丸に、古井戸がようやく向き合う。

「ちゃんと問題に対峙したほうがいいですよ」

根気よく自分を見つめる小修丸の強い眼差《まなざ》しに、古井戸が観念する。わざとらしく大きな溜め息を吐いたあと、事の次第をぽつりぽつりと話し始めた。

「……彼女の大事な思い出を、否定したんだ」

「どういうことですか？」

「……もう亡くなった人との思い出を、全否定した」

「…………」

小修丸は、なにも言わない。空になった白磁のカップをソーサーへと静かに戻しただけだ。

「ねえ」

「……はい」

黙っている小修丸の態度が、古井戸には心地よかった。あれやこれや言われなくても、小修丸の中に自分が存在していい余地があるような気がした。

「中から玩具とか魚とかキャンディとか、色々出てくるお菓子があるって言われたら、小修丸くんは信じる？　……存在すると思う？」

「人によりますね」

「……人による？」

「はい。人によります。その人が、信頼に値《あたい》する人間なら俺は信じます」

「どんな荒唐《こうとう》無稽《むけい》なことでも？」

「はい」

小修丸の反応に、ようやく古井戸が顔を上げた。

「花純ちゃんがね、言うんだよ。そんなお菓子をもらったって」

そろり、と古井戸が視線を向ければ、小修丸の黒い瞳がこちらを見つめ返してきた。今更ながら、小修丸の瞳の美しさを古井戸は知る。

「そのお菓子をもらったっていうおばあさんは、もう亡くなってってね」

「はい」

「だから余計に、彼女はありもしないお菓子を探し続けるし、執着し続けるんだと思う。はっきり『存在しない』って言ってあげたほうが親切だし、本人にとっても良いと僕は思ったんだ」

「でも、本人が存在すると言ってるんですよね」

「…………」

「俺なら、信じます。信じて、ずっと一緒に探します」

小修丸は、真っ直ぐ古井戸を見つめている。それでようやく、古井戸は自分の過《あやま》ちに気がついた。

ああ。やはり、またやってしまったのだ。

これで何度目になるだろう。人の心を傷つけるのは。

花純を傷つけた分、古井戸の胸がきりりと痛んだ。

「古井戸さんの言う通り、時には真実も大事だとは思います。でも、今回のことは真実かどうかは、わからないんですよね？　もしかしたら、あるかもしれないんですよね？」

「……ないよ」

「どうして、そうはっきり言い切れるんです？」

「それは、僕が視え……まあ、いいや。とにかく、僕が彼女にひどいことをしたのは事実だから、僕が全部悪いんだよ」

「そう思うなら、花純さんに謝ればいいんですよ」

「でも……許してもらえないかもしれない」

子供のような返答をする古井戸の話を、小修丸は呆《あき》れることなく根気よく聞いてくれる。

「許す許さないではなく、悪いと思っているなら謝るべきです」

古井戸の人間関係は希薄だ。

けれど、小修丸は違う。その強く真っ直ぐな眼差しから、彼がちゃんと人と向き合ってきたことがうかがい知れた。

生き方も考え方も真逆だが、なぜだか古井戸は小修丸の話す言葉がすとんと心に抵抗なく落ちていくのを感じていた。あんなに彼に突っかかっていたのが嘘のようだ。

小修丸は古井戸よりも五歳も年下だ。年下だからこそ、今は小修丸の意見をすんなりとのみ込めた。

「……うん。そうだね」

「そうですよ。……大丈夫です。古井戸さんなら、花純さんもきっと許してくれますよ」

古井戸は、自分のためだけの言葉に弱い。

いつの間にか、小修丸に心を少しだけ許している自分がいた。

「そろそろ帰りませんか」

時刻は六時を回ろうとしていた。

ふと気づけば、自分達以外客の姿はない。

「別流瀬さん、お会計お願いします」

立ち上がってレジに向かう小修丸を、別流瀬が制した。

「今日は私の奢りです。二人とも、お気をつけて」

「でも……」

「明日また、お会いしましょう。お疲れさまです」

結局、別流瀬に押し切られる形でコーヒーをごちそうになってしまった。店を出た二人はなんとなくばつが悪く、古井戸と小修丸、お互い顔を見合わせてふと笑った。

「別流瀬さん、最初から俺達に奢る気だったんですね」

「そうかなあ。そこまで甘いかなあ」

「いや、甘いですよ。本当に古井戸さんって、別流瀬さんにどう思われているかよくわかってないんですね」

「そうだね。そうかもしれない」

「で、俺の車、どこに停めたんですか？」

「そこのコインパーキングだけど」

「え？　金魚館の社員用の駐車場ありますよね？」

「なにそれ。初耳なんだけど」

「ええ……」

「社員なのに、なぜ僕は知らないんだろうか……」

「俺が聞きたいですよ」

店で月極《つきぎ》めで借りている斜め前のパーキングビルを素通りし、古井戸が駐車したという尾張町《おわりちょう》のパーキングへと足を延ばす。

「……本当に、そんなお菓子があるのかな」

道すがら、古井戸がぽつりと呟いた。

夕闇《ゆうやみ》色の道を、紫色の長い影が二人歩く。

「どうして、そんなに頑《かたく》なに否定するんですか？」

「だって」

「本人が主張しているのを、頭から否定したり決めつけたりするの、よくないですよ。

……あ。あそこのパーキングですか？」

さっと駐車場に入った小修丸は、自分の紺色の外車を発見するとゲートナンバーをチェックし、精算機へと向かって会計を手早く済ませた。

「小修丸くん」

長身だが細身の古井戸が、自分より少し背の低い小修丸の腕を掴む。

「駐車料金くらい、僕が払うよ」

「気にしなくていいです。俺、古井戸さんに生意気なことをたくさん言ったんで、奢らせてください」

「え……」

「花純さんと、仲直りできるといいですね」

くすりと小修丸が笑った。

どうして、常連のみんなが小修丸を好きになったか、わかった気がした。

小修丸さえ金魚館にバイトをしに来なかったら、自分の立場は安泰だった。花純だって弟の話なんかしなかっただろうし、あのお菓子の件に結びつかなかったはずだ。

なんて、嫌なことがあると他人へ責任転嫁してしまうのは古井戸の悪い癖だ。

きっと、小修丸ならば他人のせいにせず、自分自身の問題から逃げずに向き合い、失敗を消化して前へと進んでいくのだろう。

とことん、小修丸と自分は真逆の人間なのだと古井戸は思い知る。

好きになるには時間がかかるが、嫌いになるのは一瞬だ。だから、古井戸には嫌いな人間がたくさんいる。

けれど、小修丸のことは外面では反発してしまうものの結局は受け入れてしまった。

彼は、真っ直ぐだ。

真っ直ぐすぎて、古井戸には眩しかっただけなのだ。

「送っていきますよ」

「いいよ。僕の家、すぐ近くだし」

「近く？　……古井戸さん。店では言えなかったんですけど」

「なに？」

運転席に乗り込む気配がない小修丸が、見送ろうとした古井戸に一歩近づく。

「あなた、嘉商《かしょう》グループの跡取りですよね？」

ひゅうと風が吹いて、どこからか運ばれてきた白い花弁が二人の間にひらりと舞った。

「俺達、会ったことありますよね。Ｒクラブの家族例会のハロウィンやクリスマスパーティーで、数回話したこともありましたよね？」

「…………」

「俺は確かに跡取りですが、あなただってすごい会社の跡取り息子じゃないですか」

「違う……。僕は、違うんだ」

「確かに、俺だって最初はわかりませんでした。古井戸さん、眼鏡のせいか以前と雰囲気が違いましたし、俺のことを無視するし」

「……それは」

「なんで、知らないふりをしてたんですか？」

ざあと突風が吹いて、薄闇に白い花弁が乱舞した。

「ご家族とも、あんなに仲が良かったじゃないですか。これじゃ、まるで別人ですよ。なにかあったんですか？」

家族、親子。

その言葉に、古井戸の血液が逆流したように全身が熱くなる。

「君にはわからないよ！」

「古井戸さん……？」

「僕は、知らない。……それは僕じゃない」

大人しそうな古井戸から想像もつかない激昂《げっこう》ぶりに、小修丸が驚いて大きく目を見開いた。

「……すみませんでした。不躾《ぶしつけ》なことを聞いてしまって」

「……いや」

空は夕焼けの赤い名残を残し、紫の闇に侵食されていた。

月はまだ、見えない。

「あの、お菓子の件なんですが」

「……そのことなら、もういいよ」

「いえ。……ご家族に聞いてみてはいかがですか？　古井戸さんなら、きっと何かわかると思います」

「小修丸くん。君、なにか知っているの？」

「風が強くなってきました。そろそろ帰ったほうがいいですね」

「……僕は……」

家族という言葉に、古井戸の息が詰まる。

「……わかった。また、明日」

「はい。また、明日」

バタンと小気味良い音を立てて、小修丸が車に乗り込んだ。

それを最後まで見届けずに、古井戸は薄暗い路地へと吸い寄せられるように歩き始めた。

狭く薄暗い道はまるで産道のようで古井戸を安心させた。

行けども行けども夕月は見当たらず、濃くなる闇だけが辺りを覆い隠していく。

『たとえ、私の空想だとしても、おばあちゃんがくれた思い出のお菓子はあるよ』

『親御さんを素直に尊敬できることは素晴らしいと思いますよ』

『ご家族とも、あんなに仲が良かったじゃないですか。これじゃ、まるで別人ですよ』

帰りたい。

どこへ？　自分の住むアパートへ？

帰る場所なんて、初めからなかったんだ。

このままずっと眠っていたい。誰も起こさない、永遠に目覚めない場所があるならば、僕はそこへ行きたい。

主計町《かずえまち》のノスタルジックな路地裏は、ふいに泣き出したくなるほど懐かしい感じがした。人一人やっと通れる古い日本家屋がひしめき合う裏道が、古井戸をひどく安心させた。胎内回帰《たいないかいき》のような感覚に、くらりと目眩《めまい》がする。今日はいつもより感情の振り幅が大きすぎて、どうやら疲れてしまったようだ。

木虫籠《きむすこ》の細かい格子窓から、三味線《しゃみせん》の音が聴こえる。紅殻格子《べんがらごうし》の窓に、夕顔がよく映える。陽《ひ》が完全に落ちても闇の中で白い夕顔は妖艶《ようえん》に咲いていた。

その先は浅野川《あさのがわ》。

お三味線の音と川のせせらぎが、古井戸にもう帰りなさいと言っているようで、余計に帰るのが嫌になる。

『もう帰りなさい。一人でいると危ないよ。ここは狐《きつね》が化かしに来るからね』

いつだったか、夕暮れまで遊んでいた幼い古井戸に、誰かが囁《ささや》いた言葉を思い出した。

逃げ出すように目の前の大橋に背を向け、ひたすらに先を急ぐ。

誰もいない路地裏に入り、虫のように歩いていれば、宵闇の中馴染《なじ》みのある碑石《ひせき》を見つけた。

八坂《はっさか》と書かれたこの碑石のある坂を、子供の頃毎日上り下りしたものだ。

狐に化かされるから気をつけなさいとよく注意されたが、一度として妖《あやかし》の類《たぐい》に出会ったことはない。

逢魔時《おうまがとき》、というものがあるのなら、今がまさにその時刻なのではないだろうか。

温《ぬる》い風を感じ、嫌な予感がして振り向けば、そこに自分が立っていた。

「お帰りなさい」

「……なんで」

「なんでって、自分の家やし。おって当たり前やろ」

眼鏡はかけていなかったものの、容貌《ようぼう》、身長、体型……髪型すら同じだった。

まるで映し鏡のような自分自身を、古井戸は見つめ続けた。

いや、目が逸らせなかったのだ。

「なんなん？　寄ってかんの？　実家帰ってくるの久しぶりやがいね」

「月下《げっか》……」

自分が嫌いな古井戸は、極力鏡を見ないようにしている。

金沢弁を話す、目の前の自分にそっくりな男の名は、古井戸月下。

彼は、古井戸薄荷《はっか》の双子の弟だった。

「お前……なんで僕と同じ髪型にしてるんだよ。前はもっと長かったじゃないか」

「お兄ちゃんとお揃いにしたかっただけなんやけど。なに？　悪いん？」

月下は、吐き気がするほど美しい顔をしていた。

長めだった髪はサイドを古井戸と同じくらい短く切っており、ますますその美貌を引き立たせている。

自分は、こんなに綺麗ではない。

なのに、どうしてこんなにも似ていると思ってしまうのだろう。

雲間から顔を出した三日月が、月下の顔《かんばせ》を仄《ほの》かに照らした。

「どうして、僕の真似《まね》ばかりする？」

「たまたまやし、気にせんといて」

「そんなわけないだろう。どこで見た？　どこで僕に会った？」

「……さあ。どこやろうね」

「金魚館だろ？」

「…………」

月下の瞳が夜空と同じ色に変化する。

漆黒の空を、月の光が濃い紫色に染めていた。

「あのお店、いいんねえ。僕もあこで働きたいわ」

「お前は……僕から、一体どこまで奪う気なんだよ」

「奪うとか、人聞き悪いわ。僕達はこの世に二人きりの兄弟やし。共有しようさ」

「嫌だ」

「相変わらずやなあ」

大きな屋敷の前。突然、石灯籠《いしどうろう》に狐火のように、ぽっと明かりが次々に灯《とも》った。

「夕飯食べていかんの？　お母さんに会ってかんけ？　お父さんも、もうそろそろ帰ってくる頃やわ」

「僕は、それどころじゃないんだ。探し物で忙しい」

「探し物しとるんか……ねえ、なに探しとるん？」

月の下。

切れ長の二重、長い睫毛に縁取られた妖《あや》しい紫の瞳が、古井戸を捕らえて離さない。まるで金縛りにでもあったように、逃げ出したいのにその場から動けなかった。

「ああ。お兄ちゃんの探し物って、あれなんかあ」

くすりと笑う月下の微笑は上品だがとてもいやらしい。自分もこんな風に笑うことがあるのかと思うと、古井戸はますます己の容姿に嫌悪感を抱いた。

「仕方ないんねえ。僕はあるんやけど、お兄ちゃん、もらったことないやろ」

「え？」

「そんな落ち込まんといてや。またお兄ちゃんも、えっらいがんにきつい女の子を好きんなったんねえ」

「……月下。お前、僕のことを視たのか？」

「視たって、なんのことや。相変わらずお兄ちゃんは、おかしなことばっかり言うんねえ。そんなんやし、お母さんからもお父さんからも、……親戚からも、疎ましがられるんやわ。もう遅いかもしれんけど、気いつけなかんよ」

「！」

小さい頃から、古井戸はいろんな物が視えた。知りたいことや知りたくなかったものまで、様々なものが視えてしまった。

無意識に視えてしまうから、彼はそれを悪いことだとは思えなかった。

窓から見える景色のように、彼にとって視えるのは当たり前のことだった。

誰かが、自分を目隠ししない限り。

『おじいちゃん。もう死んじゃうんだね』

だから、一族の長でもある祖父に向かって古井戸がそう言ったのも、ごく自然なことだった。

だって、祖父の後ろに死特有の黒いもやもやした影が視えたから。

『この子は！　おじいちゃんに向かって何を言い出すんや』

『どうしておばちゃんは怒っているの？　借金がたくさんあるから？　おじいちゃんが死んだらたくさんお金が入るんだよね。嬉しいって思ってるのが視えるよ』

『ちょっと。やだ、この子……』

真っ赤になって狼狽えていた叔母とは、あれ以来会っていない。

古井戸を殴りつけようとした拳《こぶし》は、振り下ろされることはなかった。

騒ぎ出す親戚、慌てる両親。微動だにしない上座の祖父。

『また始まった』

『あの子、おかしいわ』

『気味が悪い。ぞっとするわ』

そう言われるのも慣れっこだった。むしろ、誰からの批判も省《かえり》みず、臆することなく真実を言ってのける自分を誇らしく思うほどだった。

だが。それを、打ち砕く人間がいた。

『そんなことないよ。おじいちゃんは長生きするよ』

月下だ。

自分と同じ日に生まれ、自分と同じ容姿をして、自分と同じ声で。そして、自分と同じ能力を持つ者。

『嘘だ。おじいちゃんは死ぬよ』

『死ぬなんて縁起でもないこと、なんで言うんや？　お兄ちゃんは、おじいちゃんに長生きしてほしくないん？』

『それは……』

古井戸だって、祖父に死んでほしいなど思ってはいない。むしろ、その逆だ。

あの日に焼けた皺だらけの大きな手の持ち主が、この世からいなくなるなんて。考えるだけで、嫌で嫌で泣きそうになる。

けれど、古井戸は発言を撤回しなかった。引くことができなかった。

『お前だって視えてるくせに』

うっすらと笑った弟の顔が、今も脳裏に焼き付いている。

『なんのことや？　僕には、お兄ちゃんがなに言っとるかわからんわ』

嘘だ。嘘つきなのは、僕じゃない。お前だ。

自分だって、祖父の死を視ているはずなのに、どうして嘘をつくんだろう。

月下は視えているのに、真実を語る古井戸を非難した。

そんなことが度重なり、古井戸は次第に親戚の集まりに呼ばれなくなった。

家族間の居心地も、どんどん悪くなっていった。

自分の影が濃くなるたび、月下の存在が強くなっていった。それはまるで、夜の闇が深ければ深いほど、月が綺麗に見える様子に似ていた。

そうして、古井戸が遅くまで外にいようが何をしていようが、誰も自分に関心を持たなくなった。

一卵性双生児の月下が、長男の古井戸薄荷の代わりになった。

月下が古井戸の居場所を侵食し、日蝕《にっしょく》のように存在を入れ替えた。

嘘つきな月下、真実を好む薄荷。

みんな、この事実を知らない。知っているのは、古井戸だけだ。

「花純ちゃんには手を出すなよ」

「この子、花純ちゃんって言うんや。手えなんか出さんよ。僕のタイプと違うし。それより、お兄ちゃんの探し物なんやけど。僕はもらっとったよ」

全《まった》き闇が映り込む月下の瞳が、妖しく揺れた。

「正月の頃、親戚からもらっとったの覚えてないん？　鈴付きの紐で結わえた、紅白の風船みたいな菓子なんやけど。それぶら下げて、僕、お兄ちゃんに自慢しとったがいね」

「……覚えてない」

「嘘や。お兄ちゃん、はがいしがっとったよ。忘れとるだけや」

「嘘だ」

「なんでや。僕、お兄ちゃんに分けてあげたやろ。有平糖《ありへいとう》や金平糖の砂糖菓子、美味しいって食べとったよ。その中で、おはじき型の飴が、僕は好きやったなあ。飴細工と硝子細工が似とって、最初実物かと思ったわ」

「知らない」

「そんなん言うんやったら、お兄ちゃんも僕のこと視たらいいわ」

「……なんで、お前は」

「お兄ちゃんやったら、視えるやろ?」

「嫌だ。視たくない」

「あははは。花純ちゃん、嘘つき呼ばわりされて可哀相《かわいそう》やね。嘘つきなのは、お兄ちゃんのほうやろ?」

「やめろ!」

渦のように流れ込む記憶は、どんなに拒否しても目を瞑《つむ》っても、古井戸の視界に雪崩《なだれ》込んでくる。

月下は、自分より能力が強い。

くらくらする意識。二重になる風景の中で、古井戸は視させられていた。気分が悪くなり、吐き気がしても強制的に視せられ続ける。

母や祖母、親戚から、風船のように愛らしい紅白のお菓子をもらって、鈴の音をりんと響かせてはしゃぐあの子供は、幼い頃の古井戸によく似ていた。瓜二つだった。

けれど、あんな風に大人に優しくされた覚えが古井戸にはない。

あれは、小さい頃の月下だ。

月下が一番に見せに来たのは、正月なのに座敷の奥にいた古井戸だ。大人びた無表情の少年は今と印象が違う。良く言えば早熟。悪く言えば驕傲《きょうごう》。

お菓子を古井戸に分けている映像が視える。

視界が二画面になった古井戸は、古い映画を見るようにその映像を呆然《ぼうぜん》と眺め続けた。能力で視える映像は、向こう側が透けて見える。その先にある出格子がスクリーンの代わりになっていた。

薄い餅米《もちごめ》でできた紅白の球体から飛び出したのは、真っ赤な鯛、おはじきを模した飴。小さな日本人形、お砂糖をからめた甘いお煎餅《せんべい》。たくさんのお菓子が詰まっていた。

元々お菓子が収められていた箱が賽子《さいころ》になっており、入っていた双六で遊びだした幼い双子。楽しんでいるのは、月下だけだ。この時、自分はとてもつまらなかった。忌々《いまいま》しい、忘れたかった過去だ。

これは、愛されたものが持つ記憶だ。

あのお菓子は、愛された子供がもらうもの。

それなら仕方ない。自分は愛されなかったから。あんな愛情を、自分は知らない。

忘れていた過去を視させられた古井戸は、己のどうしようもなさに、笑い出してしまいそうになった。花純には、改めて申し訳ないことをした。

愛されなかった自分の感情を、無意識にぶつけてしまったのだ。

そんなことがあるわけがないと、彼女の大切な記憶を全否定した。

「どうや？　思い出した？」

「……帰る」

ぐらぐらする頭と込み上げる吐き気を抑え、古井戸がふらりと歩き出す。

「ほうなん？　夕飯くらい食べていけばいいがんに。今、お母さんご飯作っとるよ。お兄ちゃんの大好きな治部煮《じぶに》やよ」

「いらない」

その時、玄関の戸がからりと開く音がし、懐かしい声がした。

「月下。なにしてるの？　そんなところにいたら風邪をひいてしまうわ」

「お母さん」

「どうしたの？　お客様？」

「…………」

足早に去る古井戸の背中を、月下は追わずに見送った。

「なん。お母さん、誰もおらんよ」

「そうなの？　夕飯できたから、早く家に入りなさい」

「……月が綺麗やったからや」

闇に消える兄の姿は、どうやら暗すぎて母には見えなかったようだ。

「またおいであそばせ。お兄ちゃん」

聞こえているはずなのに、聞こえないふりをする古井戸に、月下は優しい声を投げた。

羨ましい、妬《ねた》ましい、悲しい。それから、ごめんねと花純に謝り、古井戸は帰り道を急ぐ。

昔、帰る場所だった家を後にする。この家から進んでいた道は、今では帰り道になってしまった。

古井戸は一歩足を踏み出すごとに、落ちていた美しい花弁をぎゅっと躙《にじ》った。


「……こんにちは」

金魚館が一番静かになる時間帯に、花純が顔を出した。

三日に一度は訪れていたのに、十日ぶりの来訪だった。

「いらっしゃいませ。花純さん」

「どうも……」

別流瀬に気まずそうに会釈《えしゃく》をし、定位置になっているカウンター席へ座る。

「あの……ええと……」

「オーダーは、いつものお任せでよろしいですか?」

「あ。はい……その……」

「古井戸くんですか?」

「…………」

優しい微笑みで、別流瀬が花純に問いかける。

店内には店主の別流瀬と、消耗品のストックを補充している小修丸の姿しか見当たらない。

「今日って、古井戸くんお休みじゃないですよね?」

「はい。裏で作業をしていますよ。呼んできましょうか?」

「いえ。大丈夫です……」

せわしなく視線を動かす花純の姿は、大丈夫には思えない。

「古井戸くんから、聞いてますか?」

「なにをですか？」

「……私、親切に案内してくれた古井戸くんに、ひどいことしちゃったんです」

「それは、初耳ですね。私は逆のことを聞いていましたよ。古井戸くんが花純さんにひどいことをしたと」

「……彼は、優しいですから」

「そうですね」

別流瀬は花純のためにコーヒーを淹れようとはしなかった。ただ、カウンターの向こうで花純の話を聞いている。彼らしくない態度に、花純は責められているのだと感じた。

それは、そうだろう。なんだかんだ言って、別流瀬は古井戸のことを大切にしている。

「あの、私はもうここに来ないほうがいいですか？」

「どうしてですか？」

「せっかく別流瀬さんが提案してくれたプランだったのに、私が帰ってしまって台無しにしたから……」

「台無しにしたのは古井戸くんですよ。花純さんじゃありません」

別流瀬の優しい言葉に、花純の胸が痛む。

ならばなぜ、別流瀬はオーダーの準備をしてくれないのか。

小修丸は、無言で作業をこなしている。

誰も花純に珈琲を淹れてはくれない。

手際の良い別流瀬は話を聞きながらでも、さっと美味しい珈琲を淹れてくれる。優しい言葉はくれるくせに、態度が伴っていないことに花純は不安を覚えた。

もうここに来れないかもしれない。それはとても悲しいことだ。

金魚館は、金沢に来て一人ぼっちだった花純の淋しさを埋めてくれた。居心地のいい場所を手放す辛《つら》さに、泣き出してしまいそうになる。

震えを誤魔化すために、花純は皺になるほどスカートをぎゅっと握った。握りすぎて、拳が真っ白になる。瞳が潤み、水中にいるみたいに視界がぼやけた。それを別流瀬に悟られないように花純が咄嗟に俯いた時、聞きたかった声が聞こえた。

「……お待たせしました」

ことり、と。目の前にカップが置かれる音がした。

「遅いですよ、古井戸くん」

「すみません。ちょっと、手間取ってしまって……」

「それよりも、花純さんへの挨拶が先ですよ」

「え……あはは。……花純ちゃん、久しぶり……」

気まずそうな古井戸の声と、別流瀬の呆れ声が聞こえる。

それに安心し、そろそろと顔を上げれば、微笑む二人の顔があった。

「うん。久しぶりだね……」

「……ん。……」

なんとも言えない雰囲気に堪えかねた花純が、手元のカップに視線を落とす。

しかし、カップの中に飲み物は入っていなかった。

「え？　あれ？　飲みものは？」

「あ、ちょっと待って。危ないから少し下がってね」

銀色のポットを取り出した古井戸が、花純の正面からカップにお湯を注いだ。

「もういいよ。カップの中を見て」

「？」

茶色の液体で満たされたカップから、甘い香りの湯気が立ち上った。

「……ココア？　わあ。私、飲みたかったの。コーヒーもいいけど、やっぱりココアって美味しいよね」

「花純ちゃん、ココア好きだもんね」

「ありがとう。……嬉しい」

古井戸の顔を見てお礼を言おうとした花純を、彼は止めた。

「あ。カップから目を逸らさないで」

「え？」

古井戸の言っていることはわからないが、言われた通りカップの中を花純が見続けると。

白い魚が泳いでいた。

「え?」

魚だけではない。ピンク色の花びら、金色に輝くお星様、青い蝶々《ちょうちょう》がふわりふわりと次々浮かんできた。甘い匂いとともに、カップの中に夢のような世界が広がる。

「すごーい！　これ、古井戸くんが作ったの？　可愛い、綺麗」

「うん。マシュマロや金箔、ライスペーパーで作ったから食べても平気だよ。お湯を注ぐと浮かんでくるように仕込んだんだ」

「ビックリした。でも、嬉しい」

「よかった。その、こないだは、……ごめん」

「……私こそ、ごめんなさい」

眼鏡の奥の古井戸の瞳が、花純を求めて彷徨《さまよ》う。

だから、花純は真っ直ぐに古井戸を見つめた。自分はここにいるよと主張する。

「……あったんだ」

「え?」

「あのお菓子、あったんだよ。存在したんだ」

「そうなの?」

「花純ちゃんも、おばあちゃんも嘘つきじゃないよ。嘘つきは僕のほうだ」

「古井戸くん……」

「探したんだけど、お正月の限定商品みたいで……今は夏だし探しても売ってなくて。ごめんね。こんなもので代わりになるとは思えないけど……」

湯気のせいで、向こうの古井戸の表情がよく見えない。

それは、自分の視界もぼやけているからだとようやく花純が気がつく。

「いいよ。こんな……素敵なココアを作ってくれたから。それに、あのお菓子があるってわかったから嬉しい。すごく、嬉しい。ありがとう、古井戸くん」

にっこりと笑う花純の瞳に、もう憂いはない。

「で、でも。お正月になればお店に出るんだって。だから、その時が来たら僕が買ってくるよ」

「あはは。楽しみにしてるね」

もったいないけれど、せっかく古井戸が花純に作ってくれたのだ。冷めないうちにココアに口をつける。

小さなお魚やお花が、花純の口の中に滑り込んできた。

そうだ。あのお菓子も、すごく可愛いのにこうやって食べることができて、子供心にとても感激したんだ。

驚きと感動はあの時と同じだ。

だから、もういい。十分だ。花純の心は満たされていた。

欲しかったのは、あの時の気持ちだ。金沢の大学を選んだのも、無意識におばあちゃんのことを慕っていたからかもしれない。

亡くなった人は戻らない。けれど、大事な想いはここに残っている。

ここに、ある。

それを知ることができたのは、とても贅沢《ぜいたく》なことだ。

「花純さん。古井戸くんのこと、許してくれますか?」

「許すも何も、原因は私の我が儘ですから」

「そうですか。では、そんな優しい花純さんにプレゼントです」

別流瀬が取り出した赤い箱に、花純は見覚えがあった。

まさか。

震える指で、箱に手を伸ばす。恐る恐る蓋《ふた》を開ければ、思い出の中の、あの愛らしい紅白の球体があった。

おばあちゃんからもらった、お菓子だ。

花純の頬に、涙が流れる。あとからあとから、涙が溢《あふ》れた。

「おばあちゃん……」

嗚咽《おえつ》が漏れそうになって、花純は両手で口を覆った。

「小修丸くんが、探してくれたんですよ」

「……うう……」

壊れないように、そうっと花純は紅白の菓子を持ち上げた。

昔は躊躇いなく割ったけれど、今はできない。

壊したくない。

「すみません。俺、古井戸さんから話を聞いて……」

「私も共犯です」

小修丸を庇《かば》うように、別流瀬が彼の前に立つ。

「母親が茶道の師範をやっているんですけど、毎年、初釜《はつがま》でお弟子さんのお子さんやお孫さんに配っていたのを思い出して、探したらひとつだけ見つけたんです」

「……ありがとう。私なんかに、ごめんね」

「いえ……」

「探してくれて、ありがとう。……嬉しい」

壊れないように、そっと。ずっと探していた思い出の菓子を胸に抱いた花純は、泣き顔のまま、小修丸を見上げ微笑んだ。

「でも、俺よりも古井戸さんのほうがすごいですよ。ないものを作るって、なかなかできることじゃないです」

「うん。どっちもすごく嬉しいよ」

胸に大切な思い出を抱いた花純の頰を、甘いココアの湯気がくすぐった。

「あー……。実物、持ってたんだね……それならそうと、先に言ってよ……」

茫然自失《ぼうぜんじしつ》で菓子を見つめる古井戸に、別流瀬が悪戯《いたずら》っぽく笑う。

「言ったら、君のためにならないでしょう。これも勉強ですよ。それに、そのココア、すごいですよ。古井戸くんは、やればできるんですから」

「……ははは」

「はい。これは、私からです」

「え?」

古井戸に、別流瀬が花純と同じ物を渡す。

自分とは縁のないものだと思っていた。必要がないし、いらないとも思っていた。

子供の頃にもらえた花純や月下を、妬ましいと思った。

……心の奥底で、欲しいと思った。

物ではなく、誰かが自分に与えてくれる愛情を。

「でも、一つだけしかなかったんじゃ……」

「私の人脈を見くびらないでください」

「そうでした」

「はい、どうぞ」

「……本当に、僕なんかがもらってもいいんでしょうか？」

自信なさげに受け取る古井戸に、別流瀬が笑う。

「いいんですよ。あなたに私があげたいと思ったんですから」

見透かされているな、と思った。

別流瀬に隠し事はできそうもない。

「……月下美人と薄荷、ですか」

「え？」

「二つの花言葉を、ご存じですか？」

「……知らないです」

別流瀬は、この中で唯一古井戸の家の内情を知っている。

もちろん、月下の存在も。

「そこに、書いてありますよ」

花純の座る席の後ろの柱の陰に、金魚の文字で書かれた和紙がいくつも貼《は》ってある。その一枚を別流瀬は指さした。

『もう一度
会いたいのは月下美人。
もう一度、愛してほしいのは薄荷草』

「月花美人と薄荷の花言葉です。なんとなく、似ていると思いませんか？」

「……偶然ですよ」

「偶然ですね」

古井戸は時々思う。

別流瀬が欲しかったのは自分ではなく、月下だったのではないかと。

けれど、この菓子は古井戸が別流瀬からもらったものだ。

それだけは確かだ。

「けれど、月下美人はあなたが思うような花ではないと思いますよ。綺麗で、一晩で枯れてしまう儚い花です」

「わからないです。わかりたくもありません。僕は所詮《しょせん》、雑草ですから」

「薄荷だって、ちゃんと花を咲かせますよ」

別流瀬に、今回の件はどこまで知られているんだろう。実家で月下に会ったことも、知られているのではないのだろうか。

「別流瀬さん、本当はあなたも僕達と同じ能力を持ってるんじゃないんですか？」

「ありませんよ、そんなもの」

「能力ってなんの話ですか？」

「古井戸くんの空想のお話ですよ」

気になったのか質問する小修丸に、別流瀬が窓の外の夏の青空を見て呟いた。

「……淋しいけれど、優しい空想です」

隣でこっそり嬉しそうに笑う古井戸の世界を、誰も視ることはできない。

けれど、それはきっと別流瀬が言うように、優しい世界だ。

Gekka Fluide

四話

真夜中とソーダ水

「なぜ僕がこんな目に……」

右手には加賀野菜《かがやさい》が詰まったビニール袋、左手には日本酒の一升瓶《しょうびん》を抱え、近江町市場《おうみちょういちば》の真ん中で古井戸《ふるいど》は一人ごちた。

立派な源助大根《げんすけだいこん》と地酒の重みが、ぎりぎりと腕に食い込む。普通の男子に比べ、ひょろりと痩身《そうしん》である古井戸には限界の重量だった。

カフェの制服の上から水灰色のパーカを羽織《はお》った古井戸は、懐《ふところ》からお遣いのメモを取り出した。

ズボンの後ろポケットには、お釣りに紛れ五百円毎《ごと》にもらえる福引券が一回分溜まっていた。これくらい役得だろうと、中央に設けられた福引会場でくじを引くことにする。

「すみません。くじを引きたいんですけど」

「まあ。カッコイイお兄さんが来たわ」

「あらら、いい男やねえ。いいもの当てていきまっし」

「あはは……どうも」

福引の受付のおばさん達に、古井戸はどうしていいかわからず所在なさげに頭を掻《か》いた。

「一等が当たるといいね」

「あ。僕、こういうの当たった試しがないんで、参加賞のポケットティッシュ狙いです」

それでも、外れても何かもらえるのは嬉《うれ》しい。

「そんなこと言わないで。おばちゃん達も祈ってあげるから」

一番になれ。と、期待されたのはいつだったか。

一番になれないのか、と見放されたのはいつだったか。

どちらもとても寂しかったのを覚えている。

自分は一番にはなれないし、だからといって期待をされないのも悲しい。

もっと自分を、誰かに見てほしかった。

「そうよ。いいもの当ててちょうだいね」

目の前にいるのは、母親くらいの年齢の人のよさそうな女性。

どうして、いつだって他人は家族より優しいのだろう。

「……ありがとうございます」

戸惑いながらも引いたくじは、案の定、白紙だ。

「ごめんねえ。きっといいことがあるからねえ」

参加賞のポケットティッシュを受け取り、軽く頭を下げた古井戸は、雑踏の中の一人に戻る。一番似合いな賞をもらったのに、空虚《くうきょ》な気持ちになった。

さて、買い物の続きをしなければ。

気を取り直し鮮魚通りへ向かうと、聞き覚えのある声に名前を呼ばれた。

「古井戸さん！　古井戸さんじゃないですか！」

年末の近江町市場は、歩くのもやっとなくらい人でごった返している。その雑踏に負けないほどに声を張り上げられるのは市場の人間くらいだ。

「……鳥子《とりこ》くん？」

向かいの宗方《むなかた》水産の前に古井戸の名前を呼ぶ者があった。

頭に白いタオルを巻きつけ、愛想のよい笑顔を浮かべる彼の名前は鳥子大輔《だいすけ》。金魚館《きんぎょかん》の常連である彼の体格は大人顔負けにがっしりとしていたが、年齢はまだ二十歳《はたち》そこそこだ。日に焼けた肌と大きな目が人懐っこく、あどけない少年らしさを残していた。

「やっぱり古井戸さんだ！　最近なかなかお店に顔を出せてなくてすみません」

鳥子が大きな声で古井戸に話しかけてくる。通常の会話では雑踏にかき消されてしまうのだろうが、それにしても鳥子の声量は大きい。

「……え。ああ、そういえばそうだね。久しぶり」

「突然ですけど、古井戸さん魚いらないですか？」

「え？　本当に突然だね」

「このゲンゲなんですけどね！　古井戸さん食べたことありますか!?」

突然、奇怪な風貌《ふうぼう》の魚を目の前にべろんと出され、古井戸がたじろぐ。

「うわ！」

「あははは！　びっくりしましたか!?」

「そりゃ、びっくりもするよ。なに、その不気味な魚？」

「え？　知らないですか？　ゲンゲですよゲンゲ！　深海魚なんですけど見たことないですか？」

透明な粘液に覆われたその魚は、皮質や水圧の関係でぎょろりと目が飛び出ておりグロテスクだったが、深海魚と言われればその姿形にも納得できた。

「知らないなあ……」

「唐揚げとか汁物で食べたことありません？　見てくれはこうですが、食べると白身ですごく上品な味がするんです」

「……あ。そういえばうちの母がお味噌汁《みそしる》に入れてたような。さばいた姿に見覚えが……」

「それですよそれ！　幻魚と書いてゲンゲです！　レアですよレア！　一応、高級魚なんですよ」

「……そこのスーパーに、パックで売られてたのは気のせい？」

「あはは。地元あるあるですねえ！」

「なにも疑問に思わず食べてたから、レアと言われてもわからないなあ」

「ま。地元民はそんなもんですよね！」

生きのいいゲンゲは、ゼラチンのような透明なぬるぬるとした物質を体から出している。

味は美味と理解していても、見た目からはとてもそうとは思えない。

なんだか、深海魚は自分に似ていると思った。

「……もしや、これを僕に買えと？」

「違いますよ！　古井戸さんにプレゼントです！」

「……え……」

「クリスマスは終わっちゃいましたし、お歳暮《せいぼ》とは言えませんが、よかったらどうぞ！　美味《おい》しいですよ！　はい！」

「……え。ええ……」

「ははは！　遠慮せずどうぞ!!」

「……うう」

深海魚の入った白いビニール袋をぐいぐいと押しつけられる。袋越しとはいえ、肌に触れる魚特有の冷たさに鳥肌が立つ。

「大輔。知り合いか？」

「そうです！　金魚館の店員さんです！」

「ああ。なんか見たことあると思った。お前さ、帰る時刻とっくに過ぎてるだろ？　忙しいからって残業させてすまなかったな。あがっていいぞ」

「ありがとうございます！　お疲れさまです!!」

「ああ。明日もよろしくな」

「はい！」

鮮魚店の主人なのか、恰幅《かっぷく》のいい初老の男性が鳥子に話しかけた。一見怖そうだが、目尻の皺《しわ》がなんとも言えず魅力的で好感が持てた。

「それじゃ、古井戸さん行きましょうか！」

「え？　どこへ？」

「どこって金魚館ですよ！」

「金魚館に来るの？　でも、僕まだ頼まれた買い物が終わってないし、行くなら一人で……」

「買い物ですか！　手伝いますよ！　なに買うんですか!?」

「え。いいよ……」

「この人ごみで一人で買い物はきついっすよ！　俺に任せてください！」

「……はい」

好意しか感じられない鳥子の溌剌《はつらつ》とした物言いと笑顔に、古井戸が押し切られてしまう。

気がつけば、いつの間にか鳥子に買い物メモを奪われており、目的地へ淀《よど》みなく歩く鳥子の大きな背中の後ろを、ふらふらと操り人形のようについていく。

意志薄弱な自分の性格を嘆きながらも、荷物を苦もなく持ってくれた鳥子に古井戸は密《ひそ》かに感謝した。

結局。鳥子のおかげで、予想時間の三分の一の時間で買い物を終わらせ、金魚館へ戻ることができた。

「おや。早かったですね。お帰りなさい」

意外そうな顔をしつつも、別流瀬《べるせ》が笑顔で迎えてくれた。

「鳥子くんも、こんにちは。お久しぶりですね」

「はい！　別流瀬さん。なかなか顔を出せず、すみませんでした！」

落ち着いた雰囲気の金魚館に、鳥子の大きな声はそぐわなかったが、活力を与えてくれる鳥子のことは、別流瀬も気に入っているのを古井戸は知っていた。

「わあ。鳥子くんだ。元気にしてた？」

いつもの場所に座っていた花純《かすみ》が、鳥子のもとへ歩み寄っていく。

「花純さん！　来てたんですね！」

「相変わらず、鳥子くんは元気だねえ」

「はい！　それしか取り柄がないですから！」

「鳥子くん。オーダーはいつものですか？」

別流瀬が花純と鳥子の間に入り、それとなくオーダーを伺う。

「あっ！　ブレンドでお願いします！」

「わかりました」

「古井戸くん。ブレンド一つお願いします」

「はい」

今まで溝水《どぶみず》のごときコーヒーしか淹《い》れることができなかった古井戸だったが、最近はなんとかそれなりの味に持っていくことができつつあった。

オーダーを任された古井戸は、買い物から戻るなりカウンターに立った。

蒸気に包まれながら、フィルター目掛けお湯を注ぐ作業は嫌いではない。ポットから銀糸のようなお湯が出る。それをぼんやり眺めていると、茶室にいるような気分になってくる。

しゅんしゅんと沸いた釜の湯。柄杓《ひしゃく》で湯を掬《すく》い、抹茶《まっちゃ》茶碗に静かに注ぐ。誰も何も言わず、ただ所作をしんと見つめる。時折、ちちと鳥が鳴く声が聞こえ、塗りの格子から光が茶室に射《さ》す。

あの静謐《せいひつ》な雰囲気を思い出し、心が無になるのだ。

「……古井戸くん」

「…………」

「古井戸くん。溢《あふ》れていますよ」

「……え？」

いつの間にか古井戸の隣に別流瀬が立っており、はたと気がつけば、ドリップサーバーからコーヒーが溢れ出していた。古井戸が手を止めない限り、溢れた琥珀《こはく》色のコーヒーは氾濫《はんらん》し続ける。

「……あ！　すみません。ぼうっとしてました」

「ここは私がやりますから、古井戸くんは買ってきた物を整頓してください」

「……はい」

下手くそな自分が淹れたコーヒーより、別流瀬が淹れるものを飲むほうが鳥子にとってもラッキーだろう。そう古井戸は思い直し、ふらふらとカウンターから出て行こうとする。

その背中に、普段より温度の感じられない声で別流瀬が自分の名を呼んだ。

「古井戸くん」

ゆっくりと振り返れば、無表情の別流瀬がじっと古井戸を見つめていた。

「最近、ミスが目立ちますよ。何かありましたか？」

「特になにも」

「そうですか」

それ以上別流瀬は何も言わず、手早くステンレスの台を掃除し、改めてコーヒーを淹れる準備に取り掛かった。再び古井戸に声をかけようとする気配は感じられなかった。

まるで自分がそこに存在しないような心地になり、古井戸は今度こそカウンターから出て行った。

「……古井戸さん。ちょっと」

バックヤードにいた小修丸《こしゅまる》に声をかけられる。そのまま、腕を摑《つか》まれ店の裏へと連れていかれた。

先程、外から帰ってきたばかりの古井戸を再び鉛《なまり》色の空が迎えた。師走《しわす》の末の金沢《かなざわ》は寒い。古井戸の長い前髪をひゅうと寒風がさらう。僅《わず》かに残る温《ぬく》もりまでも奪い取るかのような風が、容赦なく吹きつけていく。

「小修丸くん。何か用？　寒いんだけど……」

「古井戸さん、昨日も同じミスをしてましたよね」

「……え」

小修丸に指摘されて、そういえば昨日も似たようなミスをしたことを古井戸は思い出した。

最近の古井戸は、ぼんやりすることが多かった。よくあることだと言われればそれまでなのだが、ここにいてここにはいない。そんな感覚にたびたび支配された。それは古井戸も自覚している。

ただ一つわかることは、トリガーになったのは月下《げっか》との邂逅《かいこう》だ。

古井戸自身、己があまり出来のいい人間ではないということは自覚をしている。

だからこそ、気をつけてはいたのだ。仕事をしている間は、ミスをしないように極力注意をしてきたつもりだ。

「どうしたんですか？」

「……どうしたって、なにが？」

「こないだから、ひどすぎますよ」

小修丸から、こうもはっきり言われるといっそ清々《すがすが》しい。

「以前から些細《ささい》なミスはしていましたけど、最近の古井戸さんは度を越してます」

「…………」

曇天《どんてん》に風が水墨画のような黒い雲を運んでくる。月は見当たらなかったが、夜はもうそこまで来ている。

この天候では、今夜は月も星も見えないだろう。

「……古井戸さん。俺の話、聞いてますか？」

「あ。ごめん」

小修丸がなにやら一生懸命自分のために語ってくれているのはわかるのだが、今はたなびく雲と夕方から夜に姿を変える冬空の移り変わりを古井戸は見ていたかった。

そんな古井戸に落胆したのか、小修丸が溜め息をついた。

「聞いてなかったんですね」

「いやあ……あはは」

　笑って誤魔化す古井戸を見つめる小修丸の視線は冷ややかだ。

「別流瀬さんに、あまり迷惑をかけないであげてください。わかってないと思いますけど、別流瀬さんが古井戸さんのフォローを全部やってくれているから、クレームも少ないんですよ」

「別流瀬さんが……？」

　これには、流石《さすが》の古井戸もショックを受けた。別流瀬には自分を雇ってくれた恩がある。

「それだけです。では、仕事に戻りますね」

　踵《きびす》を返し荒々しくドアを閉め、古井戸だけその場に残し小修丸が店内へと戻る。

　これで心置きなく空模様は観察できるが、すでに夜は訪れており暗雲に覆われた真っ暗な夜空には、古井戸を楽しませる天体は何一つ見えなかった。

　ならば、もうここにいる必要はないはずだ。

「……寒っ」

　寒空の下ひとつ身震いした古井戸は、夜を残し自分も店内へと戻ることにした。

　細いバックヤードを抜け、店へと続く扉を開けようとした時、壁にもたれている人影に気がついた。

「小修丸くん？　待っててくれたの？」

「違います。別流瀬さんから言付けがあるんです。随分遅かったですね。俺が連れ出したとはいえ、勤務中ですよ」

「そう？　すぐに君を追いかけたつもりだけど」

「あれから、三十分も経《た》っています。すぐにとは言えないと思いますよ」

「え、本当に？」

己の体感時間の短さに驚く。

確かにそうなのだ。近頃、アパートの部屋で一人でぼんやりしていると、さっきまで朝だと思っていたのに、気がつけば夜の十時を過ぎていたなんてことはよくあった。

これは本格的にまずいなと、流石の古井戸も焦る。

「別流瀬さんの言付けって……」

「今日はもう、帰っていいそうです」

「え？」

「…………」

「ちょっと待った。僕、今日のシフト、ラストまでなんだけど」

「その状態では使い物にならないだろうと、店主の判断です」

「でも、年末の夜はお客さんも多いし」

「わかってるなら、どうしてすぐに戻ってこなかったんですか？」

「それは……」

時間の流れる感覚がわからなかったのだ、と言っても小修丸には伝わらないだろう。むしろ、更に彼を怒らせる結果になるに違いない。

古井戸が口籠《くちご》もっていると、タイムカードを強制的に小修丸が押してしまった。

「では、お疲れさまです」

一度も振り返ることなく、小修丸は古井戸に背を向けた。

別流瀬も小修丸も意地が悪いわけではない。むしろ、彼等はとても優しい。

そんな二人を怒らせてしまい、古井戸はそれ以上、何も言えなくなってしまう。そのままロッカー室へとぼとぼと歩き出した。

小修丸の言っていることは正しい。

言い返すことができず、着替えを終えた古井戸は冷たい夜へと帰ることにした。


悪いことをしたという自覚はある。

近江町市場のアーケードの中をそぞろ歩きながら、古井戸は一人静かに思う。

昼間、あんなに活気立っていた市場は、夜八時を過ぎるとがらんどうのよう、人影がなくなる。たまに通り過ぎるのは迷い込んできた酔っ払いか猫だけだ。

ほんのり点《つ》いた明かりを頼りに、市場の中央を突っ切る。先を歩くのは長い長い自分の影だけだ。

お腹《なか》がすいていたけれど、店は軒並み閉まっている。

市場の隅《すみ》で数人が一杯ひっかけ魚を焼いて食べていたが、関わるほどのコミュニケーション能力もないし、また関わりたいとも思わない。自分は一人が気楽でいい。

アーケードを抜けた歩道の先に、コンビニがある。そこで今夜の夕飯を買い求め、アパートに帰宅する算段を立てていた。別に市場を通らずとも、金魚館の前の道を歩けばコンビニへ通じているのだが、あえて人気《ひとけ》のないアーケードを歩くのが古井戸は好きだった。

普段は人でいっぱいなのに、今は自分だけがここを歩いているということがなにより古井戸を愉快にさせた。

夜の世界に自分だけが取り残されたみたいで、気が楽だ。

このまま、どこにも辿り着かなければいい。そう思うほどに、喧騒《けんそう》のあとの静けさと夜の闇《やみ》を仄《ほの》かに照らす明かりが心地よい。

ふと、店と店がひしめき合う市場の隙間《すきま》に、目がいった。

明かりが存在するということは、闇も同時に存在するということだ。

普段は気にも留めないが、夜になるとその隙間が濃く見えた。隙間に入るとこぢんまりとしたおでん屋さんや居酒屋さんがひっそりと開いていたりもするが、古井戸が見ているのはそういうものではない。

例えば、まよいがのような。人が目にしてはいけない、訪れてはいけない闇を古井戸は感じ取っていた。

夜の闇ではなく、温かな明かりの隣にじっと潜む闇が心地よさそうで堪《たま》らない。そう考えると、やはり自分は寂しいのかもしれないと古井戸は思った。

一人が好きなのは、誰も自分を嫌いにならないし、自分も誰かを嫌わないですむから。

電気の点いていないアパートの闇よりも、人の傍《そば》に佇《たたず》む闇が好きだ。

なにかを期待して携帯を取り出せば、誰からもメールも着信もない。それに安心し落胆するない交ぜの感情に振り回され、我ながら疲れてしまう。

すんでのところで闇をかわしながら、古井戸はアーケードから吐き出されるかのように市場を後にした。

怖いもの見たさの子供のように、古井戸には闇に囚《とら》われる追いかけっこを楽しんでいる節がある。

己で自覚しつつも、いつか痛い目に遭うかもしれないことを心のどこかで予感していた。

なんとなく喉《のど》が渇き、自販機へと目をやると普段売っていない炭酸飲料が目に入った。

ジーンズの後ろポケットから小銭を取り出し、数枚入れる。

『よう来たねえ』

「わ」

突然、自販機が金沢弁で喋《しゃべ》り出した。

「え？　え？」

呆然《ぼうぜん》と自販機を見つめていた古井戸だが、しばらくしてそういう仕様のものなのだと理解する。観光地に設置されている、方言を話す自販機のようだ。

落ち着いた女性の声が馴染《なじ》んだ地元の言葉を話す。

そういえば、自分も声優になりたいという夢があったことを思い出した。

あんなになりたいと願った唯一の夢を忘れるくらい、自分は腑抜《ふぬ》けていたのか。古井戸はそんな自分に対し、力なく笑った。

『あんやと』

「いえいえ」

『お釣り、忘れんときまっしね』

「はい」

ソーダを買い、お釣りを受け取り自販機を後にする。

人間の相手をするよりも、機械相手のほうが心が温かくなるなんて思わなかった。

二十四時間、あそこに行けば自分なんかでも優しく相手をしてくれる自販機があることに、なぜだかとても安心した。


「こんにちは」

呼び鈴代わりに声をかければ、常連の奥野《おくの》と店主の別流瀬が古井戸の来訪に反応した。

「あら。古井戸くん。今日はお休みじゃなかったの？」

「お客としてコーヒーが飲みたくなっちゃったんです」

「そうなの？　制服姿の古井戸くんしか見たことがなかったから、なんだか新鮮だわ。そうしてると普通の男の子みたい」

「僕は普通の男子ですよ」

「あはは。そりゃそうよねえ。でも、私服姿を見るのは初めてだけど、こうして見ると古井戸くんってなかなかカッコイイのね」

「働いている僕はカッコよくないってことですか？」

白いパーカに無地のコットンシャツ。細身のジーンズに黒いスニーカーを履いた古井戸は奥野の中のイメージと違っていたらしい。

「うーん。カッコよくないってわけじゃないんだけど、古井戸くんって天然なキャラじゃない？　私服が思っていたよりオシャレだったから……」

拗《す》ねたような古井戸の口調に、奥野が慌ててフォローをする。

「奥野さんは古井戸くんを息子さんみたいに思ってますからね。あなたの服装が意外だったんでしょう」

別流瀬がコーヒーカップを磨きながら、いつも通りの穏やかな微笑を浮かべる。

「そんなに意外かなあ」

パーカのフードを被り、奥野さんに向かって古井戸が大袈裟《おおげさ》にポーズをとる。

「思ったよりだらしなかったってことですよ」

向こうでテーブルの上の食器を片づけていた小修丸が、古井戸を見ずに素っ気なく呟《つぶや》いた。

「僕って随分嫌われてるんですね」

はあと肩を落とした古井戸は、カウンター席の椅子にどさっと腰掛けた。

「嫌われてはいないと思いますけれど」

「そうですか？」

「古井戸くんの場合はキャラが立っていますから。役得じゃないですか」

「キャラって……あんまりいいキャラではなさそうですね。嬉しくないなあ」

「あの……」

別流瀬と古井戸が会話していると、遮《さえぎ》るように小修丸が割って入ってきた。

「古井戸さん。別流瀬さんに何か言うことはありませんか？」

真面目な顔つきの小修丸とは対照的に、古井戸は涼しい顔をしている。同じ金魚館にいても、客と店員、異なる立場になると心境も違うらしい。

「いいんですよ、小修丸くん。今の古井戸くんは金魚館のお客様なんですから」

「そうだよ。それはそれとして大目に見てよ」

「…………」

黙って見つめ続ける小修丸と、飄々《ひょうひょう》とした古井戸に一触即発な雰囲気になる。

「なになに？　なにかあったのかしら？」

空気の悪さを感じた奥野が、あえて明るく二人に話しかけた。

「……なんでもありません。仕事に戻ります」

奥野に一礼すると小修丸が持ち場のテーブルへと戻った。小修丸の後ろ姿を見つめる古井戸に、別流瀬が小さく溜め息をついた。

「奥野さん。申し訳ありませんでした」

「いいのよ。……古井戸くん、小修丸くんと上手《うま》くやれてないの？」

小声で尋ねる奥野に、別流瀬が曖昧《あいまい》な笑顔を浮かべた。

「二人とも、仲はいいですよ。彼らはまだ若いですし」

「あら。別流瀬さんも私から見たら若いわよ」

「そうですか。ありがとうございます」

「……ねえ。以前から気になってたんだけど、別流瀬さんっておいくつなの？」

笑って答えようとしない別流瀬に焦《じ》れたのか、奥野が古井戸へと視線を投げた。

「別流瀬さんは、見た目より大分上だと思いますよ」

「ええ!? 本当に？」

「古井戸くん」

たしなめる別流瀬に、すました表情で古井戸がかわす。そんな二人を見て、奥野が興《きょう》味津々《みしんしん》で聞いてきた。

「まさか、私と同じ歳ってことはないわよねえ」

「その、まさかかもしれません」

「……古井戸くん」

別流瀬の声に威圧感が加わった。ここら辺が潮時かとようやく古井戸も口を噤《つぐ》む。

「ご注文はお決まりですか？」

淡々とした口調で別流瀬が古井戸にオーダーを取る。そういえばそうだったと、古井戸が別流瀬の顔から視線を逸らさず、メニュー表も見ずに注文する。

「オススメはありますか？」

「ブレンドですね」

「じゃあそれで」

三分も経たないうちに出てきたブレンドには、常連に出す別流瀬特製の菓子はついていなかった。それに古井戸が苦笑しつつ、指先でカップを持ち上げこくりと一口飲んだ。

窓から見える景色は相変わらず寒々としていて人通りもまばらだ。氷った空が今にも割れて落ちてきてしまいそうだった。


「……古井戸くん」

店に入るなり、突然真面目な表情で話しかけてきた花純に古井戸が戸惑う。

「え？　どうしたの花純ちゃん。僕、何かした？」

「ううん。そうじゃないんだけど……」

いつものカウンター席に座った花純は、心配そうに古井戸を見上げた。

あの日、古井戸が帰らされたことを小修丸から花純は聞いていた。

「みんなと、上手くやれてるのかなって」

「みんなって、誰？」

「金魚館のみんなだよ。古井戸くん、前もミスはしてたけど、ここ最近は特にひどかったから……」

「自覚はしてたけど、花純ちゃんにはっきり言われると傷つくなあ……」

「だって本当のことだし。でも、どうして？　古井戸くん、ミスはしてたけど仕事に対して一生懸命だったじゃない。らしくないよ。今度のオーディション受けるために、それでレッスン頑張ってるから寝不足とか？」

「残念ながらオーディションの話なんて、全然来てないんだよね」

自嘲《じちょう》的に笑った古井戸は、花純から気まずそうに視線を逸らした。

「というか、僕ってどうしたいんだろう……」

「どうしたいって？」

「金魚館で働くのは楽しいし、やりがいは感じてる」

「じゃあ、声優になる夢は？」

「…………」

小さな天窓から透明な光が落ちてきた。それは雪のように儚《はかな》くて、古井戸をふわりと照らした。

「僕は、空回りしてばかりだ」

そう呟いた古井戸の横顔が綺麗《きれい》で、花純はしばし見とれた。普段は古井戸の言動のせいで忘れてしまいがちだが、彼が繊細な容貌の持ち主だということに改めて気づかされる。

「……あんまり深刻に考えないほうがいいよ。最近の古井戸くんを見ていると心配になるよ」

「そんな大袈裟に思わなくていいよ。僕がミスするなんていつものことだし。たまたま流れが悪かった。ただそれだけのことだよ」

ふ、と笑った古井戸の表情が儚げで、余計に花純の不安が募る。

ここは、彼がかつて所属していたサークルの希薄な関係とは違う。金魚館は、古井戸にとってかけがえのない居場所なのだと、花純は思うのだ。

「あのね。なにがあったかわからないけど、別流瀬さんはね。きっと、古井戸くんのことを……」

「わあ、宮藤《くどう》さんだ。久々にお会いするなあ」

「あ……」

出入り口から、古井戸が慕っている常連の宮藤典子《のりこ》が顔を出した。宮藤は数年前に連れ合いを亡くし、今はここからすぐ傍の青果店で働いていると、以前花純は古井戸から聞いたことがある。

年配の女性から古井戸は息子のようだとよく好かれる。古井戸も、同年代よりも自分の親の年代の客のほうが接しやすそうに見えた。

「…………」

言いかけた言葉を、花純はそっとのみ込んだ。

この件は不用意に自分が出しゃばっていい話題ではないのかもしれない。

「別流瀬さん。ココアをいただけますか？」

「かしこまりました」

背中で古井戸と宮藤の楽しげな会話を聞き、花純は静かに注文を待った。カウンターには、アンティークの硝子《ガラス》棚があり品のいいカップがずらりと並んでいる。本棚を見ればその持ち主の人物像がわかると言うが、このカップのコレクションを見ていると別流瀬の人柄がうかがえるようだ。

凛《りん》とした印象を与える白磁や青磁。そして、図柄は蝶《ちょう》と花を中心に揃《そろ》えられている。上品で物腰が柔らかく、時折陶器のような冷ややかさを感じる別流瀬をカップ達は体現している。

花純の視線を感じ取ったのか、別流瀬がくすりと笑った。

「どれか使いたいカップはありましたか？」

「あ……。すみません。それじゃ、そこの上の棚の、蝶々の柄のカップを……」

「わかりました」

淀みない動きで、花純が指さしたカップを硝子棚から別流瀬が取り出す。五客組だったカップは、花純が選んだせいで一つ欠けてしまった。取り残されたカップ達が、なんだか寂しそうに見えた。

しばらくして、甘く芳《こう》ばしい香りが漂ってきた。子供の時も、今も、ココアの香りは気持ちを落ち着かせてくれる魔法みたいだ。

香りが濃厚になってきた頃、花純の前に指定したカップに注がれたココアがことりと置かれた。

「……ココアって、香りもごちそうですね」

思ったより体は冷えていたらしい。カップから伝わるココアの温かさが冷えた花純の指先をじんわり温めていく。

「そうですね。作っているこちらも幸せな気分になりますよ。さあ、温かいうちにどうぞ」

「ありがとうございます」

小さくて可愛《かわい》いマシュマロが二個、ココアの海の上でぷかぷかと浮かんでいる。熱いココアは次第にマシュマロを溶かし、最後には形を失うだろう。

マシュマロであったものはココアと混ざり、一つになる。そこにいたのに、いなくなる。けれど、存在はする。

半分、マシュマロが溶けたところでようやく花純はココアに口をつけた。温かい液体が体の中を通っていくのを感じる。

「美味しい」

花純がココアを堪能していると、宮藤と古井戸の会話が背後から漏れ聞こえてきた。普段、ぼそぼそ話す古井戸には珍しく声が大きい。

「そうなんですか。宮藤さんにもとうとう好きな人が……」

「やだ。大声で言わないでよ、古井戸くん」

ちらりと横目でうかがうと、頬《ほお》を赤らめた宮藤とどこか嬉しそうな古井戸の姿が見えた。微笑《ほほえ》ましい、いつもの接客風景だ。

自分の母親よりも少し上くらいの宮藤に好きな人がいると聞いて、ココアを飲みながら宮藤達の世間話に耳を傾ける。

「宮藤さんの好きな人って、どんな人なんですか?」

「ええ、恥ずかしいわ」

「ここまで聞いたら知りたいですよ」

「嫌よ。言ったら絶対に笑われるもの」

「笑いませんよ。宮藤さん、今まで頑張ってきたじゃないですか」

「絶対に笑わない?」

「笑いません」

「ふふ。じゃあ、耳を貸してくれる」

宮藤が若い娘のように笑う。ひそひそとなにやら古井戸に耳打ちしたようだが、声が小さすぎて花純のもとには届かなかった。いくつになっても女性は内緒話が好きなのかと思いながらココアを啜《すす》る。

「え？　片町《かたまち》のホスト……」

宮藤が話し終えたのと古井戸が声を上げたのは同時だった。

「やめておいたほうがいいですよ」

ココアを飲む花純の手が止まる。聞き間違いでなければ、宮藤の想い人は水商売の男ということになる。

宮藤も舞い上がっていたのだろう。批判的な古井戸の発言に、我に返った宮藤が焦り出したのが伝わる。

「あ、あら。彼はいい人よ」

「宮藤さんはその人のお店に通ってるんですよね？」

「ええ……。でも、職業は関係ないわよ」

歯切れ悪い宮藤の口ぶりに気がつかず、古井戸はよかれと思って語り出した。

「恋愛に年齢差は関係ないと思います。ただ、その人は無理ですね。彼、宮藤さんを商売相手と考えています。真剣に考えているなら、諦《あきら》めたほうがいいですよ」

「……あはは。そうよね。だけど古井戸くん。私はそれでもいいのよ」

「宮藤さん……」

「素敵だなって思う気持ちは本当なの。彼は、いつだって元気いっぱいで、見てるだけで楽しい気分になれるのよ」

二人の様子に、別流瀬が素早くカウンターから出た。が、古井戸が次の言葉を紡《つむ》ぐほうが早かった。

「騙されてますよ」

「騙す……？」

「はい。宮藤さん、彼に貯金の大半を渡してしまったんですね」

古井戸の目から光が消えている。

ここにいて、ここにあるものを視《み》ていない目だ。

宮藤から次の言葉は出なかった。その様子から、宮藤の恋が真剣であるものとうかがえる。だからこそ、その恋が深く重いものであるほど、古井戸の発言もまた、宮藤を傷つける鋭い凶器に変貌するのだ。

「ちょっと、古井戸くん」

花純が席から立ち上がろうとしたが、別流瀬の手がそれを止めた。

「宮藤さん。コーヒーのお代わりはいかがですか？」

穏やかな口調で別流瀬が宮藤に話しかける。宮藤の狼狽《うろた》えように、見ている花純の胸が痛んだ。

けれど、不用意な発言はできない。内緒話だった宮藤の恋を花純が盗み聞きしていたのが知られてしまう。花純もこれ以上、宮藤の気持ちを傷つけたくはない。

「……別流瀬さん。あなたもおかしいと思う？」

自虐《じぎやく》的に笑う宮藤に、別流瀬がいつも通り微笑む。

「なんのことでしょうか？　そうそう。先程アップルパイが焼きあがりました。よかったら出来立てをお持ちしますよ」

「嬉しいけれど、今日はもう帰るわ。……ありがとう」

力なく微笑んだ宮藤に先程の精彩は見当たらなかった。

「宮藤さん」

静かに呟いた別流瀬の声に、宮藤が咎《とが》められた子供のようにビクッと反応する。

別流瀬もまた、古井戸のように批難めいたことを言うのかと宮藤を身構えさせる。

「近江町市場を上空から見たら、どんな形になっているかご存じですか？」

「え？」

思いがけない別流瀬の言葉に、宮藤が顔を上げた。

「古井戸くんも」

「僕ですか？」

古井戸を見つめる別流瀬の目は笑っていない。

それでようやく、古井戸は自分が何かしら失態を犯したことに気がついた。

「……わかりません」

「私も。わからないわ」

「私もです。別流瀬さん、上からだとどう見えるんですか？」

少しでも宮藤の心が和らげればと、花純も別流瀬の発問に乗っかる。

「秘密です」

優雅な動作で、別流瀬は長い人差し指をその形のよい唇に当てた。

「ええ。気になるじゃないですか。教えてくださいよ」

「では、宮藤さんが次いらした時にお教えしましょう」

「……あ。でも私は……」

宮藤の視線がせわしなく動く。多分、彼女はもうここには来ないつもりなのだろう。

「わかりました！　次、宮藤さんが来るまで私も答え、楽しみにしてますね！」

努めて明るく花純は振る舞うが、やはり店内の空気はどことなくぎくしゃくしていた。

「あの……私のことはいいわ。みんな答えが気になるでしょう？」

「ちょっとしたクイズのようなものですよ。宮藤さんが次いらした時の楽しみになればよいと思っただけのことです。気軽に受け取ってください」

「……上空から、ねえ」

「はい。上から、ですね」

愛着がある地に関する質問に、宮藤も気になってはいるようだ。

「そうね……また来る時の楽しみにしておくわ」

「はい」

「それじゃ。ごちそうさまでした」

ブレンド一杯分の小銭をテーブルに置き、振り返りもせず宮藤は店から出て行った。

開かれた扉は再び閉まり、宮藤の代わりに冷たい風が店内に吹いた。

「僕は、宮藤さんを傷つけてしまったんでしょうか？」

ぽつり、と古井戸が呟く。

「はい。あなたは彼女を傷つけました。再来店は難しいと思います」

暗い顔で俯《うつむ》く古井戸に、別流瀬が容赦なく告げる。

「……宮藤さんは、僕の大好きな常連さんです」

「そうですね。五年も通っていただいた常連さんの信用をあなたの言動で、一瞬にして失いました。古井戸くん。好きになってもらうには時間がかかりますが、嫌われるのに時間はいりません」

「でも、僕はよかれと思ったんです」

「また、視えたのですか？」

「…………」

「あなたはそう思っても全ての人に当てはまるとは限りませんよ。善意は時に凶器になります。独りよがりで物事を考えるのではなく、その人の立場になって考えてから発言してください」

「それじゃ、……僕はなにもできないです」

いつも真実だけを主張する古井戸らしからぬ、苦しげな表情で別流瀬を見つめた。

「なにも言えないし、動くこともできません」

「失敗して学んでください、と言いたいところですが。宮藤さんを深く傷つけた事実は消せません。見ているだけでフォローできなかった私にも責任はあります」

「だって、絶対に騙されてますよ。一生懸命宮藤さんが働いて稼いだお金を、あんな男に渡してるだなんて、本当のことを言ってあげたほうが宮藤さんにとっても……」

「古井戸くん」

冷たい別流瀬の声に、古井戸が凍てついたように動けなくなる。だが、再び古井戸によって沈黙は破られた。

「僕は……僕の好きな人に幸せになってほしいだけです」

泣き声に似た古井戸の声が、店内に響く。

「それだけなんです。迷惑をかけてすみませんでした……」

ばさりと、エプロンをテーブルに置くと、古井戸は出入り口へと足を向けた。

「古井戸くん、どこに行くの？」

「古井戸くん。まだ勤務中ですよ」

花純と別流瀬の制止の声も聞かずに、古井戸は夕暮れさえ見当たらない冷えた夜へと消えていった。


いつものように古井戸は夜のアーケードを歩く。

しかし、どこにも行くあてなどない。ただ、古井戸の黒い革靴の音だけがコツコツ響いている。

仄暗く照らす明かりが、今は煩《わずら》わしい。いっそこの夜の闇にのまれたかった。

宮藤のことが知りたくて、能力をフル稼働したがなにも解決策が見当たらなかった。ただ、宮藤がどんなに彼のことが好きか、それだけが痛いほどわかっただけだった。

宮藤を傷つけたくせに、自分の苦しみは癒《いや》してほしいと思っている。

「帰ろう」

闇が答えた。

「帰ろうよ」

電気の落ちた真っ暗な店先の硝子戸に映るもう一人の自分が、優しく微笑む。

これも、この能力の延長なのだろうか。まさか、自分自身が視えるなんて。

もう自分しか、自分を受けとめてくれる者はいない。

だから。これくらい許してほしい。許されたい。

手を伸ばせば、容易《たやす》く影は古井戸を受け入れてくれた。

「捕まえた」

影が笑う。いや、影だったのは自分のほうかもしれない。

きっと最初から、この影にのみ込まれたくて、自分は挑発的にここを歩いていたのだ。

そう思えばしっくりくる。自分は、光よりも闇が恋しかったのだ。

「……疲れた」

「疲れたね」

「もう疲れた」

「そうだね」

なんて、優しい。どうして今まで影を拒否していたのかわからなくなるくらい、自分は自分に優しかった。

「今夜は、月が綺麗だよ」

「知らない。見てない」

「なら、夜を歩こう。家はすぐそこだよ」

もう一人の自分は驚くほど古井戸に親切だ。

ふと懐かしい感覚がした。遠い記憶、こうやって一人でいると迎えに来てくれた誰かがいた。

あれは、誰だった？

いつの間にか近江町から離れ、気がつけば見慣れた坂を歩いていた。

星明かりをかき消す月の光が古井戸を照らす。夜の長い長い影が案内するように古井戸の前をそぞろ歩いていた。


「別流瀬さんは、本当に金魚《きんぎょ》さんが好きなんですね」

カウンター席に座った古井戸が笑う。

常連が訪れる時間帯を避けたせいか、彼以外に客の姿はなかった。

「ええ。好きですよ」

いつもと変わらない微笑みを湛《たた》えながら、別流瀬がコーヒーを淹れた。

熱いコーヒーを飲みながら、店内に貼《は》られている金魚の詩が書かれた和紙を見渡した。

どれも、心に残らない。才能のない詩歌の数々に辟易《へきえき》する。

「これとか『今日も笑顔、明日も笑顔、笑顔でいればその日はいい日』って、なんですか。くだらないですね」

「そのくだらないとこがいいんですよ」

「バカみたいですね」

「言ったでしょう。愚かなところが好きだと」

「別流瀬さんって、趣味が悪いですよね」

反論ばかりしている古井戸に、別流瀬が困ったように肩を竦《すく》めた。

「私は、本当は君が欲しかったんですよ」

「ですよね」

「けど今は、愚かなほうが可愛いと思っています」

「僕もです」

さっきまで熱いほどだったカップが、冬季のせいか、みるみる冷たくなっていく。

「ずるいですよ。縋《すが》る手がそこしかないから、あなたにしか頼れなかった」

恨み言は別流瀬には届いただろうか。たとえ届いたとしても古井戸の言葉になんか彼は耳を貸さないだろうけれど。

「古井戸さん、いい加減仕事に戻ってください」

「もう辞めるって決めたから、戻らないよ」

真面目に働く小修丸をあしらい、別流瀬が淹れたブレンドを古井戸が美味《うま》そうに飲む。

「……聞きましたよ。宮藤さんの件」

「やだなあ。別流瀬さんって意外と口が軽いんですね」

「クレームの共有は大切ですから。同じ間違いは絶対に起こさせません」

「ああ。なら仕方ないですね」

相変わらず、別流瀬が菓子を出してくれないので、古井戸はコーヒーだけを専《もっぱ》ら飲み続けた。

「まあ。僕にはもう関係のない話ですから知りませんけど」

「どういう意味ですか?」

喧嘩《けんか》腰の小修丸に、素知らぬ顔で古井戸が答える。

「実家の家業を手伝うことにしたってことです。今日はそれを伝えに来ました」

ことり、と。一口分だけ残ったコーヒーカップを古井戸はカウンターに置いた。用は、これで済んだとばかりに立ち上がる。

「ちょっと待ってください。自分が起こした問題の後始末を放り出すってことですか?」

「そういうつもりはないんだけど、そう見えたなら謝るね」

はいと、差し出したコーヒーの代金を、小修丸は頑《がん》として受け取らない。その代わり、鋭い眼光で古井戸を睨みつけた。

「別流瀬さんは、それでいいんですか？」

自分では埒《らち》があかないと思ったのか、小修丸が別流瀬に助けを求める。

「古井戸くんがそう言うなら、私に止める権利はないですね」

傍にいる小修丸をいないものとして古井戸が別流瀬に一礼する。その一部始終をなんの感慨もなく別流瀬が見つめる。

「せめて、辞める一カ月前に報告してほしかったですね。社会人として」

「またコーヒーでも飲みに寄らせていただきますよ」

「歓迎しますよ。お客様を追い返すことはできませんから」

「では」

黒いマフラーを巻き直し、別流瀬に背を向ける。

「知ってますか？　月下美人は一夜で枯れる儚いイメージですが、咲いた瞬間に花をつめば案外しぶとく咲き続けるんですよ」

「……知ってますよ。薄荷《はっか》を他の植物と一緒に植えると、亜種に変えてしまうってこともね」

「流石、古井戸くんですね」

「そうですね。別流瀬さん」

容姿の美しさを最大限に引き出した笑みを古井戸は浮かべた。その笑顔が綺麗すぎて、小修丸の肌がぞくりと総毛立つ。

店の扉を古井戸が開けようとした瞬間、柔らかい色彩をまとった花純が春風のように飛び込んできた。

「おっと」

「きゃあ」

ぶつかる寸前、古井戸が華奢《きゃしゃ》な花純の肩を抱きとめた。

「危ないよ」

「あ、ごめんなさい」

白いコートにピンクのセーターを着た花純が、古井戸を見上げる。

「大丈夫ですか、花純さん」

別流瀬が古井戸から守るように花純を庇《かば》う。それを遮るように古井戸が花純の前に出た。

「こんにちは、花純ちゃん」

「ああ。なんだ、古井戸くんか……」

花純の唇が開いた形で動かなくなる。しばし、古井戸を見つめ続けた花純がようやく声を発した。

「……誰？」

花純の言葉に、古井戸の目が三日月のように細められた。鋭い眼差《まなざ》しに花純はたじろいだが、持ち前の気の強さですぐにいつもの調子に戻る。

「誰？　古井戸くんに似てるけど、違うよね？」

「僕は古井戸だけど」

「ああ、ごめんなさい。私の知ってる古井戸くんじゃないってことです。初めましてですよね？」

「なんでそんな他人行儀なこと言うの？　ひどいよ、花純ちゃん」

「初対面の人間に、ちゃん付けで呼ばれたくないんです。やめてくれませんか？」

毅然《きぜん》とした花純の態度に、小修丸が焦り出す。

「花純さん。ここ最近の古井戸さんは輪をかけて様子がおかしいですけど、その言い方はまずいですよ」

「こちらの席へどうぞ。注文はいつものでよろしいですか？」

普段通りに花純に接する二人だが、当の本人は古井戸と対峙《たいじ》して動こうともしない。

「僕だよ、花純ちゃん」

「私、あなたなんて知らない」

「ええ〜。そんなあ〜」

「ふざけた物真似《ものまね》、やめてくれませんか？」

大袈裟なほど、いつも通りに振る舞おうとする古井戸に対し、花純の声が怒気を孕《はら》む。

「……おもしないぜ。けっこう似とると思ったんやけど。残念やなあ」

はああと溜め息を吐いた古井戸から、突然笑顔が消えた。残ったのは冬の月のように冷ややかな表情の古井戸薄荷に似た誰かだ。

「……あなたは誰？」

「僕は古井戸月下っていうんや。薄荷は僕の兄やよ」

同じ外見なのに、中身が違うだけでこうも印象が変わるのかと驚くほど。それくらい、月下と薄荷は似ていなかった。

眼鏡を外し、面倒くさそうに長い前髪を掻き上げる。

「せっかく髪型も真似したのに台無しですね」

「もしかして別流瀬さん。最初からこの人が古井戸さんじゃないって気がついてました？」

小修丸が肘《ひじ》で別流瀬をつつく。

「はい。最初から月下くんとして彼を扱ってましたけど」

「最初からですか？」

「ええ。彼は、うちの常連ですから」

「常連って……もしかして、俺も何度か古井戸さんと間違えて接客したことありますか？」

「何度か、ではなく何度も、ですね」

「……なんですかそれ。教えてくださいよ。俺、完全に騙されてました」

「それでは、小修丸くんはもっと目を養うといいですよ。二人の違いは歴然ですから」

別流瀬の瞳は、深い海のようだ。底が知れない。別流瀬の瞳が水底の黒ならば、月下の瞳は暗夜の黒だ。

「別流瀬さん以外は騙せると思ったんに、がっかりや」

「紛らわしいからやめなよ」

「嫌やわ。なんであんたに、僕が指図されんといかんのん？」

「どうしてそんな悪趣味な真似してるの？」

「それ聞いてまうけ。あんた見かけの割にきっつい性格しとるな」

「あなたも、きつい性格してるじゃない」

「知っとるよ。よお言われるし、ほっといてま」

完全に月下から笑顔が消え、花純と睨み合いになる。

「古井戸くんはどこ？」

「だから、僕も古井戸なんやって。兄弟やもん。苗字もおんなじやし。そやろ？」

「じゃあ。あなたのお兄さんはどこ？　最近、金魚館で働いてないようだし、心配してたの」

「お兄ちゃんやったら、うちで働いとるし」

「え？」

「そやから、諦めんか。古井戸薄荷はもうここには帰ってこんよ。いいがいね。お荷物やったみたいやし。お兄ちゃん、なんも役に立っとらんかったんやろ？」

「だから、そういう問題じゃないの。古井戸くん目当ての常連さんもいたし、古井戸くんは金魚館の一部みたいなもので」

「そんなん言われても、本人はそう思ってないみたいやよ？　そやさけ、もう放っといてくれん？　っていうか、あんたと喋っとってもお話んならんわ」

　月下が別流瀬へと視線を移す。夜空の黒と水底の黒がかち合う。

「別流瀬さん。兄を返してもらいます」

「返すとか言われましても、私は奪った覚えはありませんよ」

「嘘《うそ》や。別流瀬さんは欲しかったんじゃないんか。うちらの、どっちかを」

「欲しくなかったと言えば、嘘になりますね」

「別流瀬さんの金魚さん好きは異常やわ」

「金魚さん……？」

どうしてここで金魚の話が出てくるのか、花純が不審に思う。

「別流瀬さん。金魚さんってこの店に飾ってある詩の作者ですよね」

「ええ」

「それが、なんの関係があるんですか？」

「遺伝子ですよ」

「え？」

「……好きだけど、もういないんです」

玲瓏《れいろう》な別流瀬の声が、まだ暖房が行き届いてない店内にひんやりと響く。

「金魚さんは、もうこの世にいません」

「この世にいないって、どういうことですか？　金魚さんは加賀にいるって前に言ってませんでしたか？」

「はい。金魚さんがあの詩を書いていた時は、確かに加賀方面にいましたよ。数十年前のことですけど」

深い水底の瞳は、花純の追及に変化したりはしない。深い深い海底は静かで暗い。

「どうして、いない人間をさもいるみたいな口振りで話すんですか？」

「ここでは、金魚さんは生きているからです」

七色の鱗《うろこ》や桜《さくら》の花弁でできた和紙に書かれた金魚の詩。金魚はいないけれど、その詩はここ金魚館で息づいている。

「花純ちゃん。この人、僕らの遺伝子に興味があるみたいやよ」

「遺伝子？」

「遺伝子っていうか、血やね。僕ら、その金魚さんにそっくりらしいんやわ」

月下が鼻で笑う。

「そやろ。そんな理由でもないと、薄荷を雇わんやろいね」

「どういう、意味？」

「金魚さん。山口金魚は僕らの曾祖父《そうそふ》なんやよね。だから、この人、僕らに執着しとるんや」

どくんと。店内が脈動した気がした。

今までなんとも思わなかった散文に血が通い意味を持つ。

ゆらり、と花純の視界が揺れた。まるで、水の中のようだ。

「それっておかしくないですか？　だって、古井戸くん達は金魚さんと別人ですよね？」

「花純さん。好きな文学作家さんはいますか？」

唐突に別流瀬から質問され、戸惑いながらも花純は答える。

「……います、けど」

「その子孫のことはどう思いますか？」

「すごい、と思います」

「会ってみたいですか?」

「会ってみたい、です」

花純がこくりと、喉を鳴らした。

歴史に名を残した人の子孫に会ってみたい。そういう気持ちは、わからないでもない。

「そういうことです」

「この人は遺伝子を愛しとるってことなんやよ。それって、花純ちゃんが言うとるみたいに、僕ら個人のことなんも見とらんってことやろ? 僕でも薄荷でもよかったってことや。まあうちのお父さんでもいいんかもしれんけど。お父さんは嘉商《かしょう》グループの社長やし無理やろうけど。で、いらん子扱いされとった薄荷に目をつけたってわけやね。僕はお兄ちゃんを必要としとるけど、哀《かな》しいことに向こうは僕のこと嫌いみたいなんやよね」

「……別流瀬さん。この人の言ってることは、本当ですか?」

「否定はしませんよ。私は、金魚さんの遺伝子を引く者に興味があった」

顔色ひとつ変えず、別流瀬が月下の言葉を肯定する。

「なんですか、それ……」

花純の唇が、震える。その姿は泣くのを堪えているようにも見えた。

「それじゃ、古井戸くんが可哀相《かわいそう》すぎますよ。古井戸くんは、自分のことを、見てほしかったんじゃないんですか？」

「そうでしょうね。私も、古井戸くんのその部分に付け入りましたから。ちょうど嘉商の跡取り問題が苛烈《かれつ》な時でしたし、古井戸くんも喜んでこちらに来てくれましたよ」

「あれには参ったわ。薄荷は意固地になるし。僕は薄荷と一緒に事業を盛り立てていきたかってんけど。ほんと別流瀬さんは僕の邪魔ばっかりして、いじっかしいわ」

「古井戸くんはあなたを疎《うと》ましく思ってますから」

「はっきり言わんといてま。自分でもそう思われとるのわかっとるし。失敗したわ」

「……あなたみたいな兄弟がいたら、古井戸くんだって嫌になるのわかるよ」

「はあ？　あんたにうちら兄弟の何がわかるげんて。小娘が黙っとらんか」

自分とさほど歳が変わらない月下のいいぐさに花純がムッとする。だが、月下の冷たい美貌が与える迫力に気圧《けお》される。どんな経験をしたら、こんな目ができるのだろう。

「……だって、そうじゃない。古井戸くんの真似したり、あなた、いつもそんなことしてるの？　彼の居場所を取るような」

「人聞き悪いこと言わんといてや。あんた本当にムカつくわ。僕は薄荷が大事なだけなんやって。あの子は誤解されやすいさけ。僕が守ってやらんといかんのやって」

「けど！」

「さっきからご高説たれとるけど、僕が薄荷の代わりに大学行った時、あんた全然気いつかんかったやろ。所詮《しょせん》、そんだけの関係なんやろいね？」

「え？　そんなことしてたの？」

「薄荷の人間関係が気になっとったんやって。でも、だあれも僕と薄荷が入れ替わっとったなんて気いついてなかったよ。でも、今回はよお気がついたぜ。初めてやわ、バレたん。なんで？　なんか心境の変化でもあったん？　もしかして、薄荷のこと好きになってもうたん？」

　カッと、花純の顔が赤くなる。それを見て、月下が楽しそうに笑った。

「なにそれ、図星か。そやったらやめたほうがいいわ。薄荷はあんたと釣り合わんよ」

「わ、私は別に古井戸くんのこと、好きなんかじゃ……」

「じゃあ、なおのこと首突っ込まんといて。邪魔やわ」

　花純の顔すれすれに、月下の腕が壁に打ち付けられる。どこまでも冷たい眼差しの氷輪のような瞳に、花純の目が大きく見開かれた。

「ほんなら」

　にっこり、と月下が品良く一笑し、一瞬でもここにいたくもないかのようにドアから出て行った。

「古井戸くん……」

　花純の目に、涙が溜まる。

呼んでも、古井戸は姿を現さないし、花純にはどこにいるのかもわからなかった。そして、閉じた扉は開く気配はなかった。

「あけましておめでとうございます」

「今年もよろしくお願いします」

「おめでとう」

新年の挨拶《あいさつ》が交わされる。上座に座るのは、このグループの主《あるじ》である父親の古井戸柊《しゅう》一郎《いちろう》だ。端整な顔立ちに深い皺《しわ》が刻まれ、ぴんと伸ばされた背筋が威風堂々《いふうどうどう》としていて周囲に緊張感を与えている。しかし、口元に湛えられた笑みには七代以上続く商家の主としての愛想と風格が入りまじっていた。

彼が良しと言うまで、親族は面《おもて》を上げられない。

ひがし茶屋街にある嘉商グループの料亭を貸し切っての新年会は古井戸家の毎年の恒例行事だ。

商売が上手くいっている者は揚々と長である柊一郎に話しかけることができるが、失敗した者、経営が芳《かんば》しくない者はこの会から姿を消し、いつしか噂《うわさ》する輩《やから》もいなくなる。

昔、古井戸を可愛がってくれた叔父も叔母も、もう新年会で姿を見ることはない。後《のち》に、柊一郎から多額の援助を受けたが叔父に商才はなく、負債を抱え首が回らなくなったのだと誰かしらに聞いた。

名前も思い出せないけれど、自分を可愛がってくれたのは嘘だったのだろうか。あれが、父への媚《こび》だとは思いたくなかったが、商売とはそういうものだと古井戸は知っている。縦横無尽《じゆうおうむじん》の人脈の繫《つな》がりが肝心要《かんじんかなめ》なのだ。

会いたい、と思うが、逢いたい、と口にはできずに今日まで過ごしている。

参加者が誰かしら入れ替わり立ち替わりする新年会は通年通り行われた。自分は、昨年まで顔を見せられない側だった。

今年は月下の口添えにより、ここに座ることができた。

特別、嬉しいとも思えない。面倒くさかったが、自分にはここしか居場所がなかったので、なんとなくこの場にいる。

月下とお揃いの紺の紬《つむぎ》の着物を着て、父の隣、黙して座す。

新年の挨拶には答えるが、それ以上は語らない。余計な一言は己の首を絞めるのだと。

そう、父を見て学んできた。

なので、余計な一言しか発せない自分は黙るしかない。

群青《ぐんじょう》の壁に、緋《ひ》色の壁。

紅殻《べんがら》の赤が目に刺さる。しかし、馴染むのも事実だ。自分はこの赤の中でしか生きられないと痛感する。

目の前の膳は輪島塗《わじまぬり》の、これもまた朱色だ。食器は全て九谷焼《くたにやき》。漆塗《うるしぬ》りに貼られた金箔《きんぱく》は加賀梅鉢《うめばち》の文様。目にするもの全て、古井戸にとって幼い頃から馴染みあるものだ。

松の内に相応《ふさわ》しく、すでに膳に盛られている御箸付も赤、白、黄色と鮮やかで食欲をそそる。

バイ貝の煮付けに色紙数《かず》の子《こ》。栗金団《くりきんとん》に白山胡麻豆腐《はくさんごまどうふ》、くこの実と車海老《くるまえび》。新年会らしく、次の祝い肴《ざかな》や御造里《つくり》なども地元の海山の食材で拵《こしら》えられた豪奢《ごうしゃ》なものが出されるだろう。

金箔入りの祝いの杯《さかずき》を機械的に飲み干す。何杯飲んでも酔いは回らない。

「月下くんが二人かと思ったら、兄のほうか。久しぶりだねえ」

空になった古井戸の杯が再び酒で満たされる。相槌《あいづち》を打ちながらただ飲み干した。

「綺麗な双子やねえ。二人でお店に出るの？　これはお客さんたくさん来るわあ」

「月下くん、いいねえ。影武者ができて。仕事せんとお兄ちゃんに全部任せてさぼれるじ？」

「はは。そうですねえ」

適当に客をあしらい愛想を振りまく月下の隣、鏡のように古井戸も微笑む。

「本当に月下くんそっくりやね。見分けがつかんわ」

「ねえ。月下くん、初釜《はつがま》のことなんだけど、そちらからは誰が出るん？」

「月下くん、芸妓《げいぎ》さんにまじって黒田節《くろだぶし》踊ってや。謡《うた》って謡って」

「ああ。月下くん、あっちで菅原《すがわら》さんが呼んどったよ」

月下、月下、月下。

自分は、月下の影だ。誰も古井戸の名を呼ばない。

けれど、これでいいと思った。

現在、古井戸は兼六園《けんろくえん》の傍の一角にある嘉商の茶屋を任されていた。あそこ一帯は古井戸の遊び場も同然であり、家業のあれこれは赤ん坊の頃からこの目で見ていた。それこそ、呼吸するように、金魚館の仕事より上手くできた。

『古井戸くん』

名前を呼んでくれたことを思い出す。失敗ばかりした、迷惑ばかりかけたが、自分は確かにあそこに存在していた。

『古井戸くん。うちに来ますか？』

初めて自分だけを見てくれたと思った。実際、その通りだった。笑いも哀しみも怒りも、あの店の中では全部自分だけに向けられた。全て、自分だけのものだった。

赤い毛氈《もうせん》の上、芸妓の舞いが始まる。

聞き覚えのある謡《うたい》と三味線《しゃみせん》の音が聴こえた。演目は見なくとも体が反応する。三歳の頃から叩《たた》き込まれた日舞《にちぶ》は忘れようとも忘れられない。

「お兄ちゃん、久しぶりやしお座敷太鼓《たいこ》やってこん？」

「いや……僕は……」

「なんなら、僕とやろうか？　僕が上に立つからお兄ちゃんが下やよ」

月下に手を取られ、前へ出るように促《うなが》される。

同じ太鼓を二人掛かりでリズムを変えて打つ遊びは、華やかな芸妓と遊んでこそだ。男二人で打ったとして何が楽しいのか。

徐々に早くなる太鼓の音に打つリズムも複雑になっていく。お座敷遊びに慣れているほど太鼓の腕前が上がり、隣のお座敷の客に聴かせて対抗する駆け引きを楽しんだりする。

「双子がやるのか？」

「酔いが回ってどっちが月下くんかわからんなあ」

「では、薄荷くんは私がいただきましょう」

「え？」

書の大家に雪月花《せつげつか》を書かせた見事な襖《ふすま》が、たんと小気味好《よ》い音を立てて開かれた。

「別流瀬、さん……？」

指を揃え美しい座礼をした男が面を上げる。微笑を浮かべたその顔は、別流瀬隆治《たかはる》その人だった。

「皆様。ご歓談中に失礼致します」

すっと立ち上がった別流瀬は黒いロングコートのまま、古井戸の前に摺《す》り足で近づく。

「古井戸くん。あなたをお待ちのお得意様がいらっしゃいます」

「お、お得意様って……」

「あけましておめでとうございます、会長。うちの従業員はまだ仕事が残っていまして、申し訳ありませんがまだしばらくはお返しできそうにありません」

「どういうことだ?」

柊一郎の白眉が僅かに動く。その眼力をものともせず、別流瀬が涼しい顔で朗々《ろうろう》と話し続けた。

「一応、私もこちらの末席を汚す身。薄荷くんはうちの店に不利益を与えました。その責任を彼に取っていただきたい」

「はあ?　なんでお兄ちゃんが」

「月下は黙っていなさい」

「……はい」

父に諫《いさ》められ、膝《ひざ》を立てた月下が渋々下がる。

「そちらには、月下くんがいます。今更、彼一人いなくなってもどうということはないでしょう」

「なぜ。うちの不肖の息子にそこまで執着する、隆治」

「うちの店にはなくてはならない存在だからですよ」

「金魚館、と言ったな。あんな店になんの価値がある。お前の数々の仕事を思えば、ちっぽけなものだろう」

「お言葉ですが、あの店は私にとって生き甲斐《がい》です」

「生き甲斐か。大きく出たな」

「はい」

細めた目は皺に埋もれ、どんな目で別流瀬を見ているかわからない。静まり返る座敷の中、ただ一人別流瀬だけが余裕の笑みを浮かべていた。

「相変わらず、母親にそっくりだな。お前は」

「…………」

ちか、と別流瀬の暗い瞳に火花が散る。

「わかった。薄荷を連れていけ」

「……ありがとうございます」

「お父さん。僕とお兄ちゃんで、家を盛り立てていくんじゃ」

「月下。求められる場所に人は集まる。そういうことだ」

「でも……」

「今この場で、お前以外誰が薄荷を求めていた？」

「…………」

悔しそうに俯く月下を一瞥《いちべつ》し、柊一郎の視線が古井戸へと移る。

「ならば、薄荷に聞こう。薄荷、お前はどうしたい？」

「え？」

長い間無視をされていた父親から、久しぶりに投げられた視線に古井戸が戸惑う。

「僕は……」

月下のことは実の双子だが疎ましいと思っている。ここ数日向けられた愛情は苦しくて息が詰まった。

別流瀬には、かつて自分の遺伝子にしか興味がないと言われた。それは、とても哀しいことだった。わかってはいたが胸が潰れる思いがした。

けれど。今こうやって、自分の名前を呼んで、迎えに来てくれた。

それで、十分だった。

「僕は、……金魚館に戻りたいです」

古井戸は父親を見つめ返し、震える声で、だがはっきりと自分の意志を言葉にすることができた。

「そうか。ならば行け」

「はい」

「薄荷」

おろおろしている母親と、それ以上何も言わない父親に頭を下げ、古井戸は別流瀬に向かって立ち上がる。

「お兄ちゃん。……僕は、諦めんよ」

「月下」

弟に、愛情がないわけではない。

けれど、この弟がいると自分の存在が希薄になることも事実だ。澄みきったような水の中、たゆたうのは呼吸がしやすかったが、ただそれだけのことだった。

息が詰まっても、呼吸ができなくても、自分でいられる場所を知ってしまった今、また前に向かって泳ぎ出したい。

「月下。僕に用があるなら、金魚館においで」

「……お兄ちゃん？」

「僕の真似なんかせず、月下としてくればいい。お兄ちゃんは、待ってるから」

「…………」

一瞬だけ、気の強い弟が泣きそうな顔をしたのは気のせいだったかもしれない。泣かされていたのは、いつもこちらのほうだったのに。

父の気が変わらないうちに、別流瀬と階段を下り玄関へ出る。

そこに、白いマフラーをした見知った姿を認めた。

会いたくなかったと言えば、嘘になる。

声が聞きたくて、仕方なかった。顔が見たかった。

「古井戸くん……」

「お得意様って、宮藤さんじゃなくて花純ちゃんのことだったの？」

「なによ？　私じゃ不満？」

どのくらい外で待っていたのか、鼻先を赤くしていつもの憎まれ口を花純が叩く。

「不満なんかないよ。むしろ、嬉しいよ」

花純の顔を見たら、急に怖くなった。

「別流瀬さん。僕、やっぱり月下のところに戻ります」

「なにを言ってるんですか？　私が針のむしろになるのを覚悟して迎えに来てあげたのに」

「それは、すみません……でも、自信がないんです」

「なんの自信ですか？　そんなのはいいですから、早く帰りましょう」

古井戸の腕を握る別流瀬の手は優しくて、強かった。

視なくても、わかる。

別流瀬も花純も、親族と違い自分自身を見ていてくれる。

「古井戸くん？」

「僕は、好きな人に優しくできない。優しくしたくても傷つけてしまうよ」

「そんなことない。私は、古井戸くんの優しいところ、わかってる」

「花純ちゃん……」

俯き、下唇を噛《か》む花純は彼女らしくなく、今にも泣いてしまいそうだ。

「私のためにココアを作ってくれたこと……大学で、私に話しかけてくれたこと」

そうだ。

いつも図書館で会う花純のことが気になった。

だから、なけなしの勇気を振り絞って、サークルに勧誘したのだ。

図書館にいつも一人でいる花純が、なんだか自分に重なったから。

「古井戸くんは、優しいよ。優しすぎて、みんなに配る度合いがわからなくなってるだけだよ」

とうとう花純が泣き出してしまった。

まるで、泣けなかった自分の代わりに花純が泣いてくれているようで、許されるのならと、震える指先を花純に伸ばし、そっと両腕で抱き締めた。

「ごめん。泣かないで」

「……なんだか、古井戸くんじゃないみたい。いい匂いがする」

「あ。着物だから、お香だよ」

「そう」

きゅ、と。花純に着物の袖《そで》を握られた。もう放さないと言わんばかりの力で小袖に皺が寄る。

「お帰りなさい」

花純の言葉に、つけていた仮面が外れたような気がした。

「……ただいま」

笑いたいのに、笑えなくて。涙が流れる古井戸の頬を、花純がそっと拭ってやった。


「いらっしゃいませ」

自分なりの笑顔で、精一杯元気よく客を出迎える。

「古井戸くんじゃない。お店辞めちゃったかと思ったよ」

気さくに話しかけてくれたのは、先日辛《つら》い恋を打ち明けてくれた宮藤だった。

「宮藤さん。いらっしゃいませ」

「元気そうでなによりねえ。前よりいい笑顔になったみたい」

「あはは。ちょっと家のことで忙しくて。無断で休んじゃったせいでバイトに降格されちゃいました」

「そうなの？　大変ね」

「はい。今じゃ後輩の小修丸くんにビシバシやられてます」

「古井戸さん。宮藤さんにおひやお持ちしてください」

カウンターにいる小修丸から声が飛び、古井戸は慌てて指示に動いた。赤い切子《きりこ》硝子のグラスにお水を注ぎ、宮藤の前に置く。

「宮藤さん……その、僕……先日は、すみませんでした」

意を決して、古井戸が宮藤に頭を下げる。

「ああ。いいのよもう。おばさん、開き直っちゃったから」

「え？」

「好きなものは好きじゃない？　じゃあ、諦めるまで好きでいようかなって」

「そうですか……」

「けどね、古井戸くんの言葉にも引っ掛かっちゃったのは本当よ。私、バカなことやってるなあって」

「宮藤さん……」

「まだ、通ってるけどね。でも、やめるつもりよ。私、古井戸くんのこと好きになればよかったな。ね？　そしたら私のこと好きになってくれる？」

「え？　いや、それはどうかなあと……」

「ねえ、知ってるの？　古井戸くん目当ての女性のお客さんたくさんいること」

「へ？　知らないです」

「あら。やっぱり」

「宮藤さん。古井戸くんに余計な情報を入れないでください」

「別流瀬さんだって、自分目当てのお客さんが大勢いることわかってるくせに」

「私の仕事は美味いコーヒーを淹れること、それからお客様に快適な空間を提供することなので」

「ああ。ほんと喰《く》えないわよねえ。別流瀬さんって」

はあ、と宮藤が溜め息をつき、別流瀬に向かって「いつもの」と注文した。程なくして、温かいマンデリンが淹れられたカップを別流瀬が宮藤の前に置いた。

「そうそう。みなさん。宮藤さんもいることですし、先日のなぞなぞの答え、解けましたか？」

「え？　なぞなぞって……近江町市場を、上空から見たらどんな形かって、あれ？」

「そうです」

「あー……。僕はわかんないです」

「私も。気になってたけど、結局わからなかったわ」

「昔からいる人間に聞けば、謎は解けたかもしれませんね」

別流瀬が顎先《あごさき》に形のいい指を絡める。

「ねえ。そろそろ答えを教えてよ。年越しちゃったじゃない」

「わかりました」

くすりと、艶麗《えんれい》に別流瀬が微笑むと、あっけなく答えを教えてくれた。

「正解は、『女』です」

「え？　『女』って漢字のですか？」

「そうです」

「上から見たら、『女』になってるってこと？」

「はい。アーケードの屋根がちょうど、『女』という形になってます。ただし、今はあちこち工事をしてしまったので『女』という字は欠けてしまいましたけど。昭和の時代は『女』の文字でしたよ」

懐かしそうに別流瀬が目を細める。この男、実際の年齢は一体いくつなのだろうか。

「なにか、『女』って文字にいわれでもあるんですか?」

「正確な答えはないんです。ただ、たまたまそうなったと。戦前からあるこの近江町市場はどんな騒動でも復興して残ったと聞きます。様々な人間が集まり売り買いするこの街は、いつ来ても本当に賑《にぎ》やかで私は大好きですよ」

金魚館の窓の外から、BGMのクラシックを切り裂く威勢のいい市場の声が聞こえる。

「似てませんか? 無いものから生命を生み出す女性に」

「言われてみれば、なるほど。ここにはいろんなものがありますから」

「象徴的ですよね。張り巡らされたアーケード、歩き回る人々。まるで、血管の中のようです」

耳を澄ます。今日も、近江町市場から活気のある声が響く。

その源は、市場で働く者だったり買い物客であったり。最近は、海外からの観光客も多い。

「確かに、懐の大きさが女性っぽいですよね」

「女の人は偉大ですよね」

「そうよ。偉大なのよ。男性陣、もっと女性を敬《うやま》いなさい」

「はは……」

宮藤を視て、古井戸は気づく。

彼女を傷つけたのに、自分のために、また金魚館に通ってくれた。

本当に、女性は偉大だ。

「女性って、強いですね」

「そうですね。君も、花純さんに救われましたからね」

「え？」

「花純さんだけですよ。あなたを真似た月下くんを見抜いたのは。小修丸くんなんて最後まで騙されてましたし」

「あ、あれは！　熱っ」

お湯を扱っていた小修丸から悲鳴が上がる。

「そうだったん、ですか」

いっそ誰も月下と自分の区別がつけられなければいいと思っていた。暗い心は居心地がいい。楽しい。泣いていれば、他人を責めていれば立ち向かわずとも自分を守れる。

古井戸は、月下にかこつけて弱い自分を隠していたにすぎない。

けれど、それでも。もし、自分を見つけてくれたなら？

「おや、噂をすればですね」

今度こそ、君に伝えようか。

「古井戸くん？　わあ。復帰したんだ。おめでとう」

花純がふわりと古井戸に笑いかけた。

自惚《うぬぼ》れてもいいだろうか。
もしかしたら、ほんの少しでも、君が僕のことを想っているかもしれないと。

※この作品はフィクションです。実在の人物・団体・事件などにはいっさい関係ありません。

集英社オレンジ文庫をお買い上げいただき、ありがとうございます。
ご意見・ご感想をお待ちしております。

● あて先
〒101-8050　東京都千代田区一ツ橋2-5-10
集英社オレンジ文庫編集部 気付
みゆ先生

集英社
オレンジ文庫

金沢金魚館

2015年11月25日　第1刷発行

著　者　みゆ
発行者　鈴木晴彦
発行所　株式会社集英社
〒101-8050東京都千代田区一ツ橋2-5-10
電話【編集部】03-3230-6352
【読者係】03-3230-6080
【販売部】03-3230-6393（書店専用）
印刷所　凸版印刷株式会社

※定価はカバーに表示してあります

ISBN 978-4-08-680049-5 C0193